Jacques **LACAN**

e James **JOYCE**

Geraldino Alves Ferreira Netto

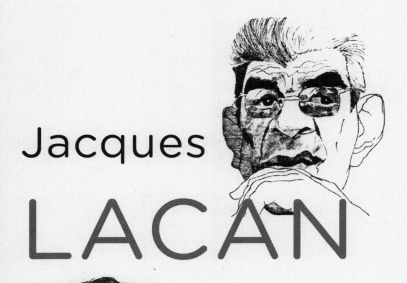

# Jacques LACAN
# e James JOYCE

## O SIMBÓLICO DA LINGUAGEM

ILUMINURAS

*Copyright © 2024 desta edição*
Geraldino Alves Ferreira Netto

*Copyright © desta edição*
Editora Iluminuras Ltda.

*Capa*
Eder Cardoso / Iluminuras
sobre desenhos: de James Joyce, por Danya Gomes Alves;
e de Jacques Lacan, (anônimo).

*Revisão*
Eduardo Hube

CIP-BRASIL. CATALOGAÇÃO-NA-FONTE
SINDICATO NACIONAL DOS EDITORES DE LIVROS, RJ

F442j

    Ferreira Netto, Geraldino Alves, 1935-2024
      Jacques Lacan e James Joyce : o simbólico da linguagem / Geraldino Alves Ferreira Netto. - 1. ed. - São Paulo : Iluminuras, 2024.
    176 p. ; 23 cm.

    ISBN 978-65-5519-242-1

    1. Psicanálise. 2. Lacan, Jacques, 1901-1981. 3. Joyce, James, 1882-1941. 4. Psicanálise e literatura. I. Título.

24-94487                   CDD: 150.195
                            CDU: 159.964.2

    Meri Gleice Rodrigues de Souza - Bibliotecária - CRB-7/6439

**ILUMI/URAS**
desde 1987
Rua Salvador Corrêa, 119 - 04109-070 - São Paulo/SP - Brasil
Tel./ Fax: 55 11 3031-6161
iluminuras@iluminuras.com.br
www.iluminuras.com.br

# Índice

PREFÁCIO
### SI NON É FAKE, É BEN TROVATO..., 9
*Oscar Angel Cesarotto*

INTRODUÇÃO, 15

CAPÍTULO I
### Sobre Jacques Lacan, 19

CAPÍTULO II
### Breve biografia de James Joyce, 39

CAPÍTULO III
### Joyce era louco?, 57

CAPÍTULO IV
### Figuras de linguagem, 64

CAPÍTULO V
### O conceito de "calembur", 74

CAPÍTULO VI
### Estruturas clínicas em Freud e Lacan, 80

CAPÍTULO VII
### O esquema L (lambda), 94

CAPÍTULO VIII
### Quantos Lacans, afinal?, 112

CAPÍTULO IX
### Alíngua, lalíngua ou lalinglesa, 128

CAPÍTULO X
### Joyce psicótico, neurótico ou perverso?, 136

CAPÍTULO XI
O conceito inacabado de psicose, 141

CAPÍTULO XII
A Clínica do Real, 154

CAPÍTULO XIII
Jacques Miller contra Jacques Lacan?, 163

CONCLUSÃO, 169

BIBLIOGRAFIA, 171

SOBRE O AUTOR, 175

*In memoriam*
Geraldino Alves Ferreira Netto
14 de fevereiro de 1935 † 30 de setembro de 2024

PREFÁCIO

# SI NON É FAKE, É BEN TROVATO...

*Oscar Angel Cesarotto*

## FREUD X JOYCE

Em junho de 1938, fugindo da ameaça nazista, Sigmund Freud deixou Viena rumo a Londres, passando pela França. Tout Paris foi cumprimentá-lo na Gare du Nord: intelectuais, artistas, cidadãos & psicanalistas. *Ornicar*? Naquele dia, onde estava Jacques Lacan? Segundo a versão oficial apócrifa, teria preferido assistir, num pequeno teatro, um *stand up* do próprio James Joyce lendo trechos do *Finnegans´s Wake*.

## LACAN

Em 1966, os *Escritos* vieram à luz, compilando a sua produção até então. A edição conta com um Índice Onomástico, listando autores citados na obra, onde o nome de Joyce brilha pela ausência & se ausenta pelo brilho.

Em junho de 1975, por ocasião do V Simpósio Internacional James Joyce em Paris, Lacan incorporou-o na continuidade do seu ensino no seminário XXIII — *Le Sinthome*. Sua alocução, intitulada *Joyce-Le sinthome*, publicada mais tarde, foi o *souvenir d'une rencontre*.

# JUNG

Joyce encontrou, na pessoa de Nora Barnacle, uma amante, uma esposa, uma mãe, uma musa, A Mulher, sua verdadeira suplência. O casal teve um filho, Giorgjo; depois, uma filha, Lucia. A menina, precocemente peculiar, era sua interlocutora num idioleto a dois. Talentosa, foi bailarina & aquarelista de livros infantis. Adolescente, apaixonou-se pelo secretário de seu pai, o também irlandês Samuel Beckett. O romance teve um final infeliz quando o futuro literato lhe disse que era pelo prestígio paterno que ele estava ali, não por ela. A brutal rejeição desarvorou a moça, devastada para todo o sempre, provocando comportamentos desastrados, balbuciando inanidades, desenhando garatujas, delirando a céu aberto.

Por um bom tempo, Joyce achou que ela era excepcional, única na sua espécie, genial; mas, quando ficou claro que se tratava de uma calamidade na família, procurou ajuda terapêutica. Freud foi indicado & de cara negado: *"Freud em alemão quer dizer alegria; Joyce, em inglês, também. Nein, no way, jamais daria certo"*.

Portanto, a jovem foi encaminhada não para um consultório em Viena, senão para uma clínica em Zurique, cujo diretor escutou com atenção o novo caso, contado em detalhes por um pai ao mesmo tempo preocupado pelo futuro da filha; no entanto, orgulhoso dela. Quando Carl Gustav Jung deu o diagnóstico, foi metafórico & lapidar: *"Mr. Joyce, nas águas onde o senhor nada de braçada, a sua filha afunda"*.

Lucia Joyce, esquizofrênica, uma psicose extraordinária...

# ZIZEK

O filósofo lacano-estalinista Slavoj Zizek, de origem eslovena, é mundialmente conhecido pelos seus livros & presença midiática. Enfático nas suas performances, se exprime num inglês macarrônico, ainda que inteligível. Conhecedor de Lacan, costuma expor problemas complexos com exemplos bastante certeiros. Entretanto, há um detalhe no seu discurso que não passa despercebido: cada vez que se refere ao conceito de gozo, *la jouissance*, pronuncia literalmente o termo em francês. Como assim, sem traduzir, se a língua inglesa oferece *rejoyce*? Mas, porém, contudo, todavia...

Joyce estudou em dois colégios jesuítas, no Clongowes Wood College em Bray & no Belvedere College em Dublin. Lacan, no Colégio Stanislas, em Paris, também jesuíta. Este foi um ponto chave de ancoragem na formação de ambos personagens, ainda que a relação posterior com a igreja não fosse a mesma. No que respeita à questão do gozo, a história de Europa, seus distintos idiomas & cismas religiosas impõem diferentes significantes & distintos significados, dependendo do aquém ou do além do princípio do prazer. O cristianismo, seja no dogma católico ou na versão protestante, não tem coincidência nem na terra nem no céu.

A alegria joyciana está longe de ser um sofrimento, pois *joy*, o *gay savoir* lúdico da fala & da escrita, está a serviço de Eros; já na clínica, o gozo indica padecimento, mesmo que paradoxal, sob a forma de inibições, sintomas & angústias. Tem mais de um gozo na teorização de Lacan, dando conta das condições dos seres que somos, falantes, sexuados & mortais. O nó borromeano foi o brasão do seminário onde o "caso Joyce" seria apresentado nos termos de um autêntico nó górdio: como diagnosticar um gênio?

Morando na cidade de Trieste, Joyce trabalhou durante anos na Escola Berlitz, dando aulas em várias línguas com eficiência simultânea. Ninguém melhor do que ele para embaralhar, distorcer, proliferar o real da linguagem, a sonoridade fonética. Sem nenhuma dúvida, a pessoa certa para dirimir a querela dos gozos, *jouissance* versus *rejoyce*.

Jacques
LACAN

e James
JOYCE

## Agradecimentos

A Mani, esposa e companheira, pela inspiração deste livro.
Ao Samuel Leon, pelo convite de publicar na Iluminuras.
Ao Oscar Cesarotto, pela sempre generosa e competente transmissão da
    Psicanálise.
Ao irmão João Batista, pela leitura prévia e sugestões sobre o texto.
Ao filho Cid Vale Ferreira, pela competente revisão final.
A minha afilhada Danya Gomes Alves pelo desenho do James Joyce na capa.
Ao Donald Schüler, pelo precioso texto de orelha da capa.

# Introdução

Foi num dos primeiros dias de fevereiro de 2024 que recebi a inesperada e grata provocação do velho amigo, editor da Iluminuras, Samuel Leon, a respeito de publicar um livro sobre a querela que domina atualmente as discussões dos literatos e escritores de todo o mundo, bem como os psicanalistas e estudiosos de Lacan, sobre a intrincada e instigante questão do escritor irlandês James Joyce. Este é um tema que me apaixona e me faz estudar muito. Este ano de 2024 é o centenário do "Bloomsday", comemorado em todo o mundo, no dia 16 de junho.

Trabalhar com a linguagem, com a língua, com a fala e a escrita constitui o apanágio mais expressivo da literatura e da psicanálise. As letras e as palavras são o instrumento de produção de narrativas e de significados subjetivos que caracterizam nossa condição de seres falantes, únicos que têm este privilégio entre todos os seres vivos.

Há um laço estreito entre os pensadores, filósofos, escritores e psicanalistas que se realimentam mutuamente com o néctar da palavra. E não é por acaso que Freud foi agraciado com o "Prêmio Goethe", de literatura, em 1930.

Este prêmio foi criado em 1927, na cidade natal de Goethe, em Frankfurt, e deveria ser anualmente concedido a uma personalidade de realizações já firmadas, cuja obra criadora fosse digna de uma honra dedicada à memória de Goethe.

Atualmente algo parecido acontece. A chegada de um escritor competente, com estilo extremamente criativo como nunca acontecera, que revolucionou a literatura mundial, chamado James Joyce, faz com que a psicanálise é que venha reconhecê-lo, não só no aspecto literário, mas sobretudo pelo impacto que provoca na teoria psicanalítica, onde levanta discussões e questionamentos riquíssimos, sobre a subjetividade na linguagem e na escrita.

A complexidade do tema, a ausência de consenso sobre as questões levantadas, a polêmica sobre a polissemia dos significantes e a simples implicação de dois intelectuais da envergadura de Lacan e Joyce, nos agitam a curiosidade, nos intrigam, nos estimulam a desvendar os mistérios de sua verve e de sua arte no manejo da linguagem.

Jacques Lacan desenvolveu, durante um ano inteiro, um seminário sobre Joyce, tentando esclarecer uma parte desta escrita joyciana que é praticamente ilegível, aparentemente intraduzível, ininteligível e provocadora, sobretudo no último texto, o *Finnegans Wake*.

Acontece que, do lado da psicanálise, Lacan é igualmente considerado como hermético, difícil, com um estilo barroco e pouca clareza, apesar da vasta cultura. Assim, Joyce e Lacan disputam quem é mais incompreensível, e parecem nascidos um para o outro. Mas nós ficamos desconfiados e desesperados, nos perguntando se eles não queriam gozar de nosso aturdimento.

Estes são os motivos que me desafiam a enfrentar a tarefa de escrever sobre um tema cheio de controvérsias e paixões, mas apresentando minha modesta desleitura pessoal e o respeito pelo contraditório.

O primeiro foco deste livro está, principalmente, na última produção de James Joyce, já citada, o controverso e provocativo livro, do qual, no mundo inteiro, sobretudo no Brasil, existem muitos coletivos de estudiosos e tradutores que se dedicam à difícil tarefa de "simplesmente" traduzir o *Finnegans*.

A propósito, Lacan reproduz, no *Seminário 23*[1], uma citação provocadora e pretensiosa de Joyce: *Quero que os universitários se ocupem de mim por trezentos anos.* Esta preocupação foi desmistificada no Brasil. Nossos estudiosos e competentes tradutores, sobretudo do *Ulisses* e *Finnegans Wake*, já desvendaram os mistérios joycianos muito mais rápido do que foi profetizado por Joyce, já no primeiro centenário.

O segundo foco é no ensino final de Lacan, especialmente no *Seminário 23*, sobre também a final produção de James Joyce.

Muitas dúvidas ainda permanecerão, como está acontecendo agora. Mas espero que as discordâncias não se transformem em discórdias. E que nós, os contendedores, consigamos administrar as divergências em alto nível, como aconteceu entre Freud e Oscar Pfister, quando o tema era bem mais inflamável, envolvendo a religião.

Farei grandes críticas e, ao mesmo tempo, enormes elogios a Lacan, '*pero avec Joy será tutta nuestra polli sym pathia*'. (Tradução deste 'calembur'?): Porém, com Joyce será toda nossa grande simpatia.

A transmissão da Psicanálise merece que este legado em defesa da ética do desejo seja mantido para assegurar nossa fundamental pulsão de vida.

Por fim, parabenizo a Iluminuras por produzir vários títulos sobre James Joyce, especialmente a recente tradução do texto completo do Finnegans, organizado por Dirce Waltrick do Amarante, em 2022, (prêmio Jabuti) que coloca o Brasil em evidência e, provavelmente, como o único país a ter duas traduções completas. A primeira foi de Donaldo Schüler, edição bilíngue, em 2012, (prêmio Jabuti), pela Ateliê Editorial. Também os irmãos Augusto e Haroldo de Campos

---

[1] Lacan, Jacques. *Seminário 23, o sinthoma*, Sérgio Laia (trad.): Rio de Janeiro, Zahar Editor, 2007, p. 17.

traduziram alguns fragmentos do *Finnegans*. Por fim, de novo, Dirce Waltrick do Amarante traduziu o capítulo 8 do Livro I, em 2018, com o título de *James Joyce, Finnegans Wake, por um fio*[2].

[2] Este fio, segundo a autora, significa a corda bamba em que o tradutor de Joyce tenta se equilibrar.

## CAPÍTULO I
# Sobre Jacques Lacan

Tanto Sigmund Freud (1956-1939) quanto Jacques Lacan (1901-1981) chegaram à Psicanálise a partir de um equívoco, um ato falho, isto é, a escolha da medicina. O primeiro confessou que não gostava do trabalho como médico, e exercia-o só em função do dinheiro para poder se casar. Lacan não se identificava com seu trabalho de psiquiatra, não via nos pacientes aquilo que os Tratados de Psiquiatria descreviam com tanta certeza. Ambos vislumbravam 'outra cena', não claramente definida naquele momento. Afinal, todo ato falho passa pelo inconsciente e pelo não-saber ou, melhor, passa pelo saber não-sabido.

Posteriormente, Freud e Lacan foram capturados pela eficácia simbólica da palavra. Para as aulas parisienses sobre hipnose, com Charcot, em 1885, Freud hospedou-se, durante seis meses, no *Hôtel du Brésil*, Quartier Latin, reduto dos intelectuais, ao lado da Sorbonne, perto do belo Jardin de Luxemburg e da Catedral de Notre Dame, quando aprendeu que a simples palavra-ordem do hipnotizador pode fabricar ou desatar um sintoma histérico.

Por sua vez, em sua preciosa tese de medicina, do ano de 1932, Lacan[1] relata um famoso atendimento clínico da paciente psiquiátrica Aimée, cujo nome é Marguerite Pantaine Anzieu. Ela era filha de uma mãe paranoica. Funcionária na administração dos Correios, casada com René Anzieu, com o qual teve um filho chamado Didier Anzieu, que mais tarde se tornou psicanalista, tendo feito análise com Lacan, que desconhecia que aquele paciente Didier era filho de sua antiga paciente Aimée.

---

[1] Lacan, Jacques, *Da psicose paranoica em suas relações com a personalidade*; Aluísio Menezes, Marco Antônio Coutinho Jorge, Potiguara Mendes da Silveira Jr. (trad.): Rio de Janeiro, Forense Universitária, 2011, p. 147.

Já durante a gravidez de seu filho, Aimée começou a sentir paranoia, entrou em depressão e delírios. Tentou dedicar-se à literatura, publicando dois romances. Após o nascimento do filho, agravou-se sua paranoia, sentindo-se vítima de perseguição da parte de Hughette Duflos, uma famosa atriz de teatro. Em 1931, Aimée então tenta vingar-se da atriz, atacando-a com uma navalha, na entrada do teatro, causando só ferimentos leves, sendo presa, sem resistência, e levada para o hospital psiquiátrico, onde Lacan estava de plantão e identificou, posteriormente, o caso como paranoia de autopunição.

Nesse atendimento, Lacan permitiu que ela falasse e acessasse seu próprio desejo, em vez de ele impor um diagnóstico médico. Como interpretação, Lacan lhe disse que aquele atentado contra a atriz foi, de fato, uma agressão a si mesma. Depois desta interpretação, desapareceram-lhe os delírios persecutórios.

Mais tarde, Aimée foi trabalhar como governanta na casa do pai de Lacan, que revelou ao filho que ela tinha sido sua famosa paciente. Tanto Aimée quanto Didier tiveram conflitos posteriores com Lacan.

Os detalhes do caso Aimée (amada) estão registrados na citada tese de Lacan, de 1932, considerada como a última grande tese da Psiquiatria contemporânea. O conceito de "paranoia de autopunição" foi inventado aí e apreciado totalmente pelos surrealistas, a ponto de Salvador Dali criar também, na sequência, seu Método paranoico-crítico, estreitando ainda mais os laços entre a Psicanálise e o Surrealismo.

Logo a seguir, em 1936, em sua primeira apresentação como psicanalista, no Congresso da IPA (Associação Psicanalítica Internacional), em Marienbad, na Alemanha, Lacan apresentou seu trabalho intitulado "*Estádio do Espelho*"[2], em que respondeu a uma questão enigmática levantada por Freud no famoso texto de 1914, *Sobre a introdução do Narcisismo*. A questão versava a respeito do surgimento do Ego e do psiquismo, na passagem do autoerotismo para o narcisismo, que Freud atribuía a uma 'nova ação psíquica', nunca devidamente explicada.

---

[2] Lacan, Jacques, Escritos, *O estádio do espelho como formador da função do eu;* Vera Ribeiro (trad.): Rio de Janeiro, Jorge Zahar Editor Ltda, 1998, p. 96.

Freud garantia que o Ego não estava lá desde o começo, ele vinha de fora, do outro, da mãe, por exemplo, que servia de espelho para que o bebê formasse uma *Gestalt* de seu próprio esquema corporal, não despedaçado, mas inteiro, aquele "ego de superfície". A esta ação psíquica Lacan denominou de reconhecimento da própria imagem, único elemento de herança genética, para ele, no Estádio do Espelho.

A apresentação daquela conferência causou tamanha surpresa e desconforto, que o presidente da mesa, Ernest Jones, famoso discípulo e colega de Freud, posteriormente seu biógrafo oficial, cortou a palavra do palestrante, nos primeiros dez minutos, impedindo-o de terminar sua comunicação. Lacan retirou-se, sem deixar o texto para publicação, e foi assistir às Olimpíadas.

O que explicaria a deselegância e autoritarismo de Ernest Jones? Talvez o fato de que tão poucos minutos tenham sido suficientes para questionar a superficialidade com que eram conduzidos os estudos da teoria psicanalítica na época, e a pouca disposição de retomar o rigor que sempre caracterizou o trabalho sério e profundo de Freud. Assim, Lacan chega incomodando e questionando, como fez até o fim de seu ensino.

Como explicar, por outro lado, a virulência e mordacidade de seu discurso? Lacan ficou escandalizado com o que chamou de desvios teóricos e éticos da prática psicanalítica que ele encontrou na França e em outros países da Europa e América do Norte, com o domínio exercido pela Escola da Psicologia do Ego que, a partir de 1939, praticamente dominava o movimento psicanalítico em grande parte do mundo. Fazendo sua leitura de Freud no original em alemão, e acrescentando sua vasta cultura, sobretudo com referência à linguística, Lacan não reconhecia mais como psicanálise freudiana tudo aquilo que presenciava.

Ele denunciou, então, o que considerou um grave desvio teórico resultante de uma leitura equivocada e apressada dos textos freudianos, a qual consistia em priorizar a segunda tópica sobre a primeira. Tal inversão pode ter acontecido por um raciocínio raso de que, por ter vindo depois, em segundo lugar, a nova tópica era mais importante e teria substituído a primeira. Não perceberam que, no inconsciente, as noções de tempo e espaço têm um estatuto próprio, bem diferente do que a avaliação consciente costuma fazer, e não perceberam o grande avanço com o conceito de inconsciente, inclusive na segunda tópica.

Lacan achava também que o fato de se trabalhar na instância da consciência e do ego seria mais fácil e cômodo para quem não quer se dar ao trabalho de estudar seriamente as profundas elucubrações de nosso psiquismo e do inconsciente. Isso seria um retrocesso a alguns milênios em que a humanidade sempre ignorou a pujante realidade do inconsciente. Pelo menos, houve a honestidade da Escola da Psicologia do Ego em não se nomear como Psicanálise e restringir seu objeto à Psicologia e ao Ego. Isso à custa de recusar o conceito mais básico de toda a teoria psicanalítica, o inconsciente recalcado, da primeira e da segunda tópicas.

Uma leitura minimamente inteligente dos dois textos de Freud, *A interpretação dos sonhos*, de 1900, onde se encontra a primeira tópica, e o texto de 1923, *O Ego e o Id*, introduzindo a segunda, deixa claro que, em vez de substituição, Freud fez uma reafirmação de que a primeira tópica se impõe à segunda, mostrando que o denominador comum do Isso, do Eu e do Supereu, é justamente o inconsciente.

O conceito de Ego na Psicanálise tem muito pouca consistência em comparação com o de Inconsciente. Os conceitos de Ego e de Consciência foram explorados por Freud poucas vezes, por pertencerem à tradicional Psicologia e Filosofia, onde há a noção de tempo, espaço e razão. Um único artigo específico sobre a *Consciência*[3], de data anterior a 1915, desapareceu misteriosamente junto com outros seis, não constando das *Obras Completas*.

Já o Ego aparece em *A Psicologia de grupo e a análise do Ego*, de 1921, texto mais sociológico que clínico. O Ego volta a aparecer no

---

[3] Freud, Sigmund, *Obras Completas — Consciência, vol. XIV.* James Strachey. Rio de Janeiro: Imago Editora, 1974, p.124.

citado livro da segunda tópica, de 1923, e num outro de 1940, incompleto, chamado *Divisão do Ego,* escrito em 1938, e publicado após a morte de Freud, em 1940, praticamente o testamento final de Freud, em que insiste no aspecto inconsciente do Ego.

A partir de 1915, com os textos sobre metapsicologia, incluído o capítulo VII da *Interpretação dos sonhos,* de 1900, o domínio do conceito de inconsciente é inconteste.

A ira de Lacan vai bem além da incongruência conceitual da Psicologia do Ego, pelas consequências clínicas de uma prática que modificou a proposta original de Freud e passou a defender a identificação do paciente ao analista, como 'fim' da análise, bem como a adaptação à sociedade como norma behaviorista de conduta. O paciente e o analista deveriam mostrar-se bons cidadãos, bons pais de família, boas esposas, cônjuges fiéis, pessoas honestas, dotadas de uma moralidade em nada diferente daquilo que as religiões entendem como modelo, e que Freud tanto repudiava.

Enfim, uma visão imaginária e comportamental, totalmente ao avesso da subversão simbólica do sujeito que age sob a égide da ética do desejo, que sempre foi o ideal da psicanálise desde a tese da realização de desejos nos sonhos.

Diante deste cenário nebuloso, Lacan assume resoluto a missão de resgatar o legado freudiano da descoberta que mudou o pensamento da humanidade e de toda a história da Filosofia, com a tese do inconsciente recalcado.

Lacan respeitou, elogiou e, até, se utilizou de outras linhas teóricas da psicanálise de sua época, como o Kleinismo e a Escola Winnicottiana. Melanie Klein, inclusive, era chamada por ele, carinhosamente, de "tripeira genial", que defendia o conceito de inconsciente, apesar de Lacan levemente criticá-la por uma tendência de trabalhar dentro registro do imaginário na teoria e prática clínica. Quanto a Winnicott, considerava-o como quem mais se aproximou do precioso conceito lacaniano de "objeto a", objeto causa do desejo, com sua proposta do objeto transicional.

Pelo dito até aqui, vai se delineando um Lacan preocupado com uma prática clínica que não abre mão de uma consistente fundamentação teórica. Ele respeitava as bases apresentadas por Freud, mas não se conformava com alguns pontos da prática que não resistiam a um maior questionamento e se pareciam mais burocráticos ou tecnicistas, como, por exemplo, a análise didática proposta pela IPA, Associação Psicanalítica Internacional, e a duração do tempo de formação de um analista ou de uma sessão de análise.

Partindo do princípio de que o inconsciente é mais caótico e desrazoável do que burocrata, desde cedo Lacan criticou duramente a formação do analista proposta pela IPA. Seu argumento era de que não havia fundamento teórico que justificasse tais regulamentações, como os quatro anos obrigatórios de análise e a frequência de quatro vezes por semana. Como impor tais exigências ao inconsciente?

Em contraposição, ele se dispunha a encontrar argumentos sólidos, extraídos da própria teoria psicanalítica, para justificar suas propostas.

A análise didática foi, portanto, um dos alvos mais visados por Lacan. Alegava incoerência e contradição interna no conceito, já que o aspecto didático, critério para reconhecer a validade de uma análise e a aceitação e garantia do candidato na instituição psicanalítica, incluíam um juízo de valor que Freud não se cansou de reprovar dentro de um processo analítico.

Além disto, instituir categorias de analista didata versus analista comum é uma forma de hierarquia, constitutiva dos dois grandes grupos mais fortes da humanidade, a Igreja e o Exército, frequentemente citados e criticados por Freud.

Lacan até admitia que uma análise pudesse ser considerada didática, mas só *a posteriori*, pelo fato de ela ter 'produzido' um analista, como consequência da elaboração de seu próprio desejo, e não pelo simples fato de que o analista era hierarquicamente didata, ou por ter cumprido certos prazos ou burocracias.

Ou temos análise, ou temos didática. Ou buscamos nossa verdade, ou ensinamos um saber. O discurso analítico é o avesso do discurso do mestre, do saber, do poder, da objetividade, por parte do mestre-didata, com a distância que vai da suposta objetividade para a subjetividade e ética do desejo na clínica. Além disso a alta frequência no divã e no bolso do paciente tornava o critério de acesso ao atendimento uma questão financeira, possível somente a uma elite totalmente privilegiada.

E Lacan conclui que não é a instituição nem o psicanalista que autorizam ou garantem alguém nesta função, já que "*o analista só se autoriza por si mesmo... e por mais alguns*". A autorização, no caso, vem da análise terapêutica, única desenvolvida por Freud. "Autorizar-se" significa tornar — se "autor" da própria história, através das "formações do inconsciente", vivenciadas pessoalmente e analisadas numa experienciação clínica. Em resumo, a autorização deve basear-se na busca do desejo do paciente, e não em dispositivos técnicos ou exigências institucionais.

Entre 1911 e 1915, houve um fato estranho com relação a vários textos de Freud escritos nesta época. Eram artigos contendo recomendações aos jovens analistas, para que pudessem estar mais à vontade em sua prática com os pacientes. A estranheza surgiu do fato de que os editores das obras de Freud decidiram, sem conhecimento nem consentimento do autor, alterar o título original daqueles artigos, acrescentando a denominação de "Artigos sobre técnica".

Entretanto, a intenção de Freud era só de orientar ou recomendar na formação dos analistas, porque não entendia que o trabalho do analista fosse baseado em técnicas a serem aprendidas e aplicadas mecanicamente, porque o inconsciente e a história de cada paciente são experiências pessoais únicas. Há unanimidade entre todos os teóricos e praticantes, no sentido de que a única regra aceita na psicanálise é a "associação livre", por parte do analisante, e sua correspondente "escuta flutuante", da parte do analista.

Os textos de Freud, agrupados pelo Editor Inglês com o título de Artigos sobre Técnica, são os seis seguintes, sendo que a referência à técnica nos subtítulos não se encontra em nenhum dos originais.

Não é autoria de Freud, mas iniciativa dos Editores. Houve várias edições em inglês (1911, 1918, 1924, 1925, 1931, 1943), mas somente na terceira e quinta edição é que lhes foi acrescentado este subtítulo, como: "Técnica e Metapsicologia" (1924), e "Neurose e Técnica" (1931).

Os títulos originais eram simplesmente recomendações, e a palavra 'técnica' foi acrescentada inadequadamente, criando um grupo de supostos artigos sobre técnica:

» *O manejo da interpretação de sonhos na psicanálise* (1911);
» *A dinâmica da transferência* (1912);
» *Recomendações aos médicos que exercem a psicanálise* (1912);
» *Sobre o início do tratamento* (1913);
» *Novas recomendações sobre a* técnica *da psicanálise I* (edição de 1924);
» *Recordar, repetir, elaborar* (1914);
» *Novas recomendações sobre a* técnica *da psicanálise II* (edição de 1924);
» *Observações sobre o amor transferencial* (1915).
» *Novas recomendações sobre a* técnica *da psicanálise III* (edição de 1924).

Essa intrusão do título de técnicas[4], em 1924, parece que foi mal-intencionada. A prova é que, já no ano seguinte, 1925, a IPA regulamentou a formação do analista, impondo as famosas regras rígidas de quatro anos de análise, quatro vezes por semana, com um "analista didata", sem o direito de escolha livre de um outro analista transferenciado, além da supervisão. Freud e Lacan nunca viram com bons olhos as regulamentações da IPA.

Os esclarecimentos de Freud com relação aos Artigos sobre técnica (Freud 1911-1915), foram retomados por Lacan no *Seminário 1* (Lacan, 1953), cujo título foi: *Os escritos técnicos de Freud*. Este seminário

---

[4] Freud, Sigmund, *Obras Completas. Artigos sobre técnica*, vol. XII. James Strachey. Rio de Janeiro: Imago Editora, 1969, p.109.

marca o início do ensino oficial de Lacan, quando se assume como freudiano, iniciando sua belíssima e inesquecível missão do "retorno a Freud."

Criticando os métodos da IPA, Lacan realçava que, em vez de técnicas ou regulamentos, o que deve mover o ato analítico é a ética do desejo.

A reação discreta de Freud, mas eloquente, ao mesmo tempo, aconteceu um ano depois, em 1926, quando ele discute o que chamou de *análise leiga*, o contrário da análise didática, justo quando a IPA tinha acabado de exigir que os candidatos tivessem diploma de médico, ao que Freud declarou-se completamente contrário. No Pós-escrito deste texto, Freud se queixa amargamente[5]: *Nem esperei que conseguisse êxito na obtenção de unanimidade da atitude dos próprios analistas em relação ao problema da análise leiga.*

A sequência das datas de 1923 (O Ego e o Id), 1924 (Escritos técnicos, segundo o editor), 1925 (regulamentações da IPA) e 1926 (Análise leiga) levanta a pergunta: a quem interessava transformar a psicanálise em escritos e procedimentos técnicos?

A psicanálise freudiana se organiza na França em 1926, com a fundação da Sociedade Psicanalítica de Paris, por Maria Bonaparte e outros. É praticada aí a análise didática, com reconhecimento da IPA. Em 1934, Lacan é admitido nesta sociedade, e apresenta, em 1936, seu primeiro texto sobre o Estádio do Espelho já citado. Ocorre uma cisão no grupo, por causa da questão da formação dos analistas, e Lacan se demite da Sociedade Psicanalítica de Paris, da qual tinha sido presidente.

Em 1953, Lacan funda a Sociedade Francesa de Psicanálise, não reconhecida pela IPA, e logo em seguida, realiza seu primeiro congresso, no qual apresentou seu famoso *Discurso de Roma, Função e campo da fala e da linguagem em Psicanálise*. Este texto é histórico pela ruptura oficial de Lacan com a IPA.

---

[5] Freud, Sigmund. *Obras completas. A questão da análise leiga*, vol. XX. James Strachey. Rio de Janeiro: Imago Editora, 1976, p. 285.

Em 1963, nova cisão na Sociedade Francesa de Psicanálise.

Um dos grupos reivindicou o reconhecimento da IPA, e esta proibiu o ensino de Lacan. Dissolvida a SFP, Lacan funda a Escola Freudiana de Paris, denunciando sua "excomunhão" pela IPA.

Em geral, a cada seminário corresponde um texto contemporâneo nos *Escritos*. Como, por exemplo, o *Seminário 1* e o *Discurso de Roma* que se complementam com perfeição.

Embora este seminário esteja marcado pelo registro do Narcisismo, do Imaginário e Estádio do espelho, a ênfase maior é no registro do simbólico e da transferência. Em várias citações Lacan explica a distribuição da figurinha do elefante aos presentes. No capítulo XIX, intitulado *A função criativa da palavra,* referindo-se a Hegel, diz Lacan[6]: *o conceito está sempre onde a coisa não está, ele chega para substituir a coisa, como o elefante que fiz entrar outro dia na sala, por intermédio da palavra 'elefante'.*

TEMOS ENTÃO AQUI UMA PRIMEIRA QUESTÃO intrigante que é o título do seminário: *Os escritos técnicos de Freud.* Reitero que considero equivocado este título, não da parte de Freud, nem da parte de Lacan. Ambos preferiam falar de "método", "experiência" ou "prática da psicanálise".

Além de Freud não ter usado, naqueles artigos, o conceito de técnica como regra, simplesmente falava sobre a seleção dos pacientes, o silêncio do analista, pacientes com laços de amizade, a duração da sessão, a duração do tratamento, o horário fixo, a frequência das sessões, o pagamento, o uso do divã, e a regra fundamental da associação livre, para então concluir[7]:

*"Penso estar sendo prudente, em chamar estas regras de 'recomendações' e não reivindicar qualquer aceitação incondicional para elas.*

---

[6] Jacques Lacan, *Os escritos técnicos de Freud,* seminário I, Betty Milan (trad.): Rio de Janeiro, Zahar Editores, 1979, p. 275.
[7] Freud, Sigmund, *Sobre o início do tratamento (Novas recomendações sobre a técnica da Psicanálise).* Obras Completas, vol. XI, James Strachey (trad.): Rio de Janeiro: Imago Editora, 1969, p.164.

*A extraordinária diversidade das constelações psíquicas envolvidas, a plasticidade de todos os processos mentais e a riqueza dos fatores determinantes opõem-se a qualquer mecanização da técnica."*

Lacan só retoma a referência às técnicas apara criticá-las, como no *Discurso de Roma*[8]: "*as regras técnicas, ao se reduzirem a receitas, suprimem da experiência qualquer alcance de conhecimento e mesmo qualquer critério de realidade (...). Será que ele se harmoniza com uma concepção de formação analítica que seja a de uma autoescola?*"

Mais tarde, no *Seminário 11,* Lacan[9] afirma: "*O estatuto do inconsciente, que eu lhes indico tão frágil no plano* ôntico, *é ético.* Então seria mais correto o título de Escritos éticos ou políticos (poléticos) ou até metapsicológicos, já que se trata de uma práxis clínica e ética envolvendo o inconsciente.

Pode-se muito bem falar de técnicas no âmbito das psicoterapias, como no Psicodrama, que utiliza as trocas de papéis, a escolha do ego auxiliar etc; na Gestalt-terapia, onde uma almofada pode ser socada como se fosse uma pessoa; na Constelação familiar, em que uma pessoa desconhecida é convidada a fazer o papel de um parente vivo ou falecido do paciente. Mas nessas técnicas, o discurso é o do mestre, da objetividade, do poder, diferente do discurso da psicanálise, que inclui a subjetividade e o inconsciente, refratários a qualquer burocracia.

No geral, a tradução da obra de Freud para o inglês foi certamente contaminada pela tendência da filosofia inglesa ao empirismo, com a busca da comprovação científica e do observável. Uma entre outras consequências nefastas foi a passagem da palavra alemã *Ich* (eu) para a forma da língua morta latina *Ego,* dando origem a uma "Psicologia do Ego", baseada na consciência, numa possível tecnicidade, numa clínica do Imaginário, que custou a Lacan muitos anos de batalha.

[8] Lacan, Jacques, *Escritos, Função e campo da fala e da linguagem em psicanálise.* Vera Ribeiro (trad.): Rio de Janeiro, Jorge Zahar Editor, 1998, p. 241.
[9] Lacan, Jacques. *Seminário 11, Os quatro conceitos fundamentais da Psicanálise,* M.D. Magno (trad.): Rio de Janeiro, Zahar Editores, 1979, p. 37.

No capítulo V do *Seminário 1*, ao tratar da *Verneinung* em Freud, ou a Denegação, Lacan deixa claro que a Psicanálise opera no registro do simbólico[10]: "*o discurso do sujeito, na medida em que não chega à palavra plena em que deveria se revelar seu fundo inconsciente (...) se sustenta dessa forma alienada do ser que se chama o ego.* Dessa maneira, o objetivo e o término da análise seria *a identificação ao ego do analista.*

O ponto central que destaco neste seminário é a teorização sobre a "palavra vazia e a palavra plena", correspondente ao momento em que ele se refere à "fala vazia e fala plena", também no relato de Roma.

A palavra passa a ser chamada de plena quando o falante se inclui no próprio discurso, e não quando conta um fato qualquer. Nos originais de ambos os textos, Lacan usa o mesmo verbete "*parole*", traduzido por palavra e por fala. Acontece que a palavra pode ser escrita, mas a fala tem que ser pronunciada. A psicanálise é uma "*talking cure*", não uma "*writting cure*", o que inviabiliza qualquer autoanálise.

Duas definições destas falas nos dois textos se complementam e se intercruzam:

No Seminário 1[11]: "*Não será aquilo de que parti no meu relato sobre as funções da palavra? A saber a oposição da palavra vazia e da palavra plena, palavra plena na medida em que realiza a verdade do sujeito, palavra vazia em relação àquilo que tem de fazer 'hic et nunc' com seu analista, em que o sujeito se perde nas maquinações do sistema de linguagem*".

Nos Escritos, o tema se apresenta assim[12]: "*O efeito de uma fala plena é reordenar as contingências passadas dando-lhes o sentido das necessidades por vir, tais como as constitui a escassa liberdade pela qual o sujeito as faz presentes*".

[10] Lacan, Jacques. *Seminário 1, Os escritos técnicos de Freud.* Betty Milan (trad.): Rio de Janeiro, Zahar Editores, 1979, p. 67 e 325.
[11] Idem, ibidem, 1979, p. 63.
[12] Lacan, Jacques. Opus cit. 1988, p.257

UMA SEGUNDA QUESTÃO relacionada é a elaboração do conceito de tempo lógico, como garantidor da plenitude da palavra pelo ato da conclusão subjetiva. Já o tempo cronológico da sessão e do processo analítico têm característica de técnica, imutável e obrigatória na IPA. Devido à nossa paixão da ignorância, as técnicas só favorecem resistirmos a proferir a palavra plena.

No seminário sobre as psicoses há uma descrição sobre a fala do psicótico[13]: "*Será que o doente fala? Se não distinguimos a linguagem e a fala, é verdade, ele fala, mas fala como uma boneca aperfeiçoada que abre os olhos, absorve líquido etc*".

Se o psicótico está fora do discurso, embora habitado pela linguagem, não pode proferir uma palavra plena. Entretanto, de acordo com Lacan, se ele pode fazer a prótese do quarto nó do sinthoma, isto é, a suplência do Nome-do-Pai, ele poderá produzi-la, como sugere Lacan no *Seminário 23* sobre o Sinthoma, a respeito de James Joyce. Esta já é uma questão bastante polêmica.

A TERCEIRA QUESTÃO a considerar é que também é instigante o título do *Discurso de Roma,* cujo nome oficial é *Função e campo da fala e da linguagem em psicanálise,* escrito por Lacan, em 1953. A função da fala é a representação do sujeito para outro significante, em sua verdade, no inconsciente, individual; já o campo da linguagem[14] é o do "*discurso concreto, como campo da realidade transindividual do sujeito; suas operações são as da história, no que ela constitui a emergência da verdade no real*". Uma frase lapidar de Lacan, no Discurso de Roma[15]: "*O homem fala, pois, mas porque o símbolo o fez homem*".

Com relação à teoria dos quatro discursos, a função da fala plena pode encontrar-se nos discursos da subjetividade, da verdade e do inconsciente, isto é, os discursos do Histérico e do Analista, nos quais o saber é não-sabido, é inconsciente; já o campo da linguagem e da

---

[13] Lacan, Jacques, *Seminário 3, As psicoses*. Aluísio Pereira de Menezes (trad.): Rio de Janeiro, Jorge Zahar Editor, 1985, p. 45.
[14] Lacan, Jacques, Opus cit. 1998. p. 259.
[15] Idem, ibidem, , p. 278.

fala vazia situa-se nos discursos do poder, da política, da medicina, da objetividade, da ciência, da religião, das psicoterapias, do saber, dos discursos do Mestre e Universitário. Mais dois discursos costumam ser citados: o do capitalista, por Lacan, e o do a-viciado, pelo psicanalista brasileiro Aurélio Souza.

Os fundamentos teóricos do conceito de fala plena já se encontram em Freud, no caso Dora. Analisando o primeiro sonho relatado por ela, Freud pergunta[16]: *Que história é essa da caixa de joias que sua mãe queria salvar?* Ela responde: *Mamãe aprecia muito as joias, e ganhou uma porção delas de Papai.* Freud intervém: *E você?* Lacan chama esta intervenção de "retificação subjetiva", provocando o surgimento da palavra plena.

Encontramos aqui o limite entre as ciências universais, biológicas, exatas, experimentais e positivistas do saber-sabido, em oposição às ciências conjecturais, humanas, do particular, e do saber-não-sabido.

Há uma antinomia entre as relações da fala e da linguagem[17]: `a medida que a linguagem se torna mais funcional, ela se torna imprópria para a fala e, ao se nos tornar demasiadamente particular, perde sua função de linguagem.*

Os quatro últimos capítulos do *Seminário 1* tratam da transferência e da função criativa da palavra. "O significante, a palavra, representa (produz ou cria) o sujeito para outro significante ou palavra". Já que compete ao analisante falar, o analista pode ficar tranquilamente em silêncio, no sentido de não se subjetivar, porque é o próprio analisante que, proferindo a palavra plena, cria as interpretações. Estamos no cerne do conceito de transferência. É somente numa relação transferencial que pode surgir a palavra plena.

No texto sobre *Função e campo da fala e da linguagem na psicanálise*, Lacan descreve[18]:

---

[16] Freud, Sigmund. *Fragmento da análise de um caso de histeria* — Obras completas, vol. VII. Jayme Salomão (trad.): Rio de Janeiro, Imago Editora, 1972, p. 65.

[17] Lacan, Jacques. Opus cit. 1998. P.300.

[18] Lacan, Jacques. Opus cit. 1998, ps.310,311.

*"A abstinência do analista, sua recusa a responder, é um elemento da realidade na análise. Mais exatamente, é nessa negatividade, na medida em que ela é pura, isto é, desvinculada de qualquer motivo particular, que reside a junção entre o simbólico e o real. (...) Essa abstinência não é indefinidamente sustentada; depois que a questão do sujeito assume a forma de fala verdadeira, nós a sancionamos com nossa resposta, embora também tenhamos mostrado que uma fala verdadeira já contém sua resposta, e que apenas reproduzimos com nosso lai[19] seu refrão".*

O silêncio do analista não significa que fique calado, mas que, ao falar, não esteja falando de si, subjetivando-se, colocando suas próprias fantasias ou juízos morais e de valor. Tudo isto ele elaborou em sua própria análise.

Entretanto, com relação à análise didática, em seu ensino posterior, Lacan caiu no mesmo erro que combateu na IPA. Criou em sua Escola o dispositivo do "passe" para garantir a condição de "Analista da Escola", nova versão do analista-didata e hierárquico, e um procedimento de admissão e garantia da formação na instituição. Ainda bem que reconheceu o fracasso da tentativa.

Um quarto questionamento polêmico de Lacan refere-se à duração da sessão ou também do processo analítico que, segundo ele, deve obedecer ao tempo lógico e não cronológico. Freud não deixou nenhuma pista teórica quanto a isso. Sobre a duração de uma sessão, ele foi bem claro ao dizer que utilizava a duração de uma hora, porque assim trabalhavam os médicos da época, e acrescentava que isto era uma solução pessoal, não impositiva. Encontramos isso no texto de 1913, *Sobre* o início do Tratamento, cujo subtítulo é: *Recomendações*, e não exigências ou regras.

---

[19] Com esta palavra 'lai' Lacan se refere a um gênero de poema.

Ter colocado o título de: *Os escritos técnicos de Freud,* no seminário, foi uma forma sarcástica e zombeteira de Lacan[20], com relação aos tecnicistas, exatamente como ele fez também no *Seminário 4,* intitulado de *A relação de objeto:*

*"Um dos pontos mais essenciais da experiência analítica, e isso desde o começo, é a noção da falta de objeto. Jamais, em nossa experiência concreta da teoria analítica, podemos prescindir de uma noção da falta de objeto como central".* Ao dizer que o objeto falta, referia-se ao objeto total, porque este objeto não existe mesmo, é sempre parcial.

O que é o tempo lógico, proposto por Lacan? Não satisfeito com a solução, sem fundamento teórico, dada por Freud sobre o tempo cronológico de duração da sessão de análise, Lacan vai buscar argumentos conceituais filosóficos condizentes com a teoria psicanalítica. Defende brilhantemente que no inconsciente não há noção de tempo cronológico nem de espaço físico, exatamente como Freud postulava. Mas a estruturação do inconsciente segue as estruturas da linguagem, isto é, da lógica. Então, o critério é discursivo. E o tempo é lógico.

A narrativa discursiva, para ser lógica, deve seguir a dialética de Platão e Hegel, mesmo quando se trata de um sofisma, como é o caso aqui. Isto é, o processo tem que passar por três instâncias de: uma tese, a antítese e a síntese; do ver, julgar e agir; ou, segundo Lacan, para a psicanálise, o instante do olhar, o tempo de compreender e o momento de concluir. O analisante começa a sessão falando de seus sintomas, depois tenta entender suas causas e, por fim, projeta possíveis decisões.

Para esclarecer melhor, seguindo o método de contar historinhas mitológicas, Lacan propõe a seguinte narrativa:

O diretor de uma penitenciária acordou uma manhã bem humorado e decidiu fazer uma boa ação, de soltar um dos prisioneiros, com a

---

[20] Lacan, Jacques. *Seminário 4, A relação de objeto.* Dulce Duque Estrada (trad.): Rio de Janeiro, Jorge Zahar Editor, 1995, p. 35.

condição de ele adivinhar um enigma. Escolheu três detentos para se submeterem ao teste seguinte: havia ali cinco discos, sendo três brancos e dois pretos. O diretor iria colocar um desses discos nas costas de cada um deles, sem que eles soubessem a cor do próprio disco. O ganhador teria que adivinhar qual era sua cor, só pelo fato de ver a cor dos outros dois companheiros. E teria que explicar o porque de sua resposta. Nenhum deles poderia conversar com os outros. O final da experiência foi o seguinte, segundo Lacan:[21]

> *"Depois de haverem considerado entre si 'por um certo tempo', os três sujeitos dão juntos alguns passos, que os levam simultaneamente a cruzar a porta. Em separado, cada um fornece então uma resposta semelhante, que se exprime assim:*
>
> *Sou branco, e eis como sei disso. Dado que meus companheiros eram brancos, achei que, se eu fosse preto, cada um deles poderia ter inferido o seguinte: 'Se eu também fosse preto, o outro, devendo reconhecer imediatamente que eu era branco, teria saído na mesma hora, logo não sou preto'. E os dois teriam saído juntos, convencidos de ser brancos. Se não estavam fazendo nada, é que eu era branco como eles. Ao que saí porta afora, para dar a conhecer minha conclusão".*

Foi assim que todos os três saíram simultaneamente, seguros das mesmas razões de concluir.

E o diretor do presídio, cumprindo sua promessa, soltou os três prisioneiros. Uma vez que a dialética se completou, não interessava quanto tempo cronológico faltou ou sobrou. Aqui o tempo teve sua outra lógica.

Com Freud, outra historinha diferente é que vai ilustrar: Abraão Kardiner fez um relato curioso em seu livro *Minha análise com Freud*, onde conta que decidiu analisar-se com o mestre. Enviou-lhe carta dos Estados Unidos solicitando o atendimento. Freud respondeu

---

[21] Lacan, Jacques. *Escritos. O tempo lógico e a asserção de certeza antecipada. Um novo sofisma.* Vera Ribeiro (trad.): Rio de Janeiro. Jorge Zahar Editor. 1998. P. 198.

negativamente, por falta de horário disponível. Kardiner, depois de outras várias e frustradas insistências, avisou simplesmente que estava viajando para Viena, com o intuito de se analisar com o mestre.

Naquele momento, Freud só aceitava cinco pacientes por dia, em sessões de sessenta minutos, trabalhando exatas cinco horas. Consultando sua filha Anna, ficou surpreso com a intuição feminina. Anna lhe disse: é simples, diminua dez minutos de cada paciente e poderá atender mais um, em cinquenta minutos em vez de sessenta, no mesmo prazo total de cinco horas. Esta foi uma solução burocrática, prática, e extra-analítica.

Mas Lacan não se conformava com este tipo de solução simplista, visto que a psicanálise é a cura pela palavra, pelo *logos,* onde o critério depende da liberdade da associação com algo que já constava como traço mnêmico. O inconsciente funciona dialeticamente, *après-coup*, no "só depois", da mesma maneira que o Significante só adquire significado retroativamente. O Significante não tem significado próprio, ficando sempre em aberto seu sentido, razão pela qual Freud defendeu também que a análise é, em tese, interminável.

Sendo assim, o término de uma sessão, portanto, deveria ocorrer não como final de um tempo convencionado *a priori*, mas idealmente como escansão, intervenção, interpretação ou corte num momento dialético de síntese ou de conclusão, sugerido pelo analista ou pelo próprio analisante. Pode coincidir com uma surpresa, uma dúvida, um ato falho, um chiste, o surgimento de um novo enigma, um silêncio prolongado no discurso do paciente.

Em função destas discordâncias e críticas ao tempo cronológico, em 1953 Lacan foi proibido de lecionar e psicanalisar na IPA, o que ele chamou de "excomunhão" ou expulsão, passando a criar sua própria Escola, tornando-se o mestre que hoje conhecemos, só superado por Freud. A referência a esta excomunhão está registrada como título do primeiro capítulo do *Seminário 11, Os quatro conceitos fundamentais da Psicanálise,* que são os seguintes:

O Inconsciente, em que ele ressalta o lado atual, enquanto que Freud focou mais o passado. Então, para ele, o inconsciente vai se formando à medida que falamos, porque, entre muitos milhares de vocábulos disponíveis nos dicionários, temos que escolher a sequência das palavras que utilizamos. Esta escolha é subjetiva e não é casual, porque é determinada psiquicamente por algo do passado. É o que Freud também destacava como a irrupção de um ato falho, um esquecimento etc.

Quanto à Repetição, Lacan lembra que ela tem dois sentidos bem diferentes em Freud: no sentido do Imaginário, quando utilizado como referência à transferência analítica das imagos parentais ao analista; o segundo sentido é bem mais importante e profundo, apresentado no texto freudiano *Além do princípio do prazer,* de 1920, em que o conceito de compulsão à repetição alude à pulsão de morte, agora no registro do Real.

O próprio conceito de Transferência nunca foi bem explicitado por Freud, que o designava ora como sugestão, ou como amor, ou como resistência e como repetição. Este último era o seu preferido. Entretanto, em geral, Freud parecia privilegiar o aspecto afetivo do amor de transferência, chamando-a de amor verdadeiro, embora com a pessoa errada.

Para Lacan, o que se transfere na análise não é o afeto, mas seu representante psíquico, a palavra, pela associação livre. Assim, o afeto é Imaginário, enquanto que a transferência operativa é Simbólica, ou cura pela palavra. Isto está implícito na única regra que Freud aplicou à análise: dizer tudo o que vem à cabeça. O que precisa ser dado ao analista, sem o que não há análise, são os significantes. O afeto é secundário e contingente.

Quanto às Pulsões de vida e morte, Lacan segue Freud em tudo. Mas destaca outras quatro pulsões que ele afasta do plano biológico da satisfação, situando-as no plano do inconsciente e do Real, como manifestação da falta:

Assim, a fase oral, como foi descrita por Freud, soa mais como um momento evolutivo do desenvolvimento, se entendido como sugar o seio, e está no Imaginário como completude; Lacan a situa como pulsão oral, no registro da demanda ao outro, do bebê à mãe.

Já a pulsão anal implica uma demanda do outro, da mãe à criança, ficando o controle dos esfíncteres, propriamente ditos, como mais da competência pediátrica, que deve contar com o consentimento da criança em cumprir a lei paterna.

A pulsão escópica implica um desejo vindo do outro, como o olhar da mãe para o bebê. A base freudiana desta pulsão está no voyeurismo-exibicionismo. E a pulsão invocante é o desejo dirigido ao outro, através da fala, em que se pede sempre o amor e reconhecimento do outro. Em Freud, a cura pela palavra ilustra esta pulsão.

Por fim, o que os lacanianos chamam de terceira tópica, são os registros do Real, do Simbólico e do Imaginário, complementos e avanços das tópicas freudianas.

O Imaginário tem a ver com imagens, com aquilo que Freud chamava de realidade externa, tudo que é atingido por nossos sentidos e que predomina nos sonhos como imagens visuais, apontando para uma completude. Na linguagem, o Imaginário é o significado (conteúdo latente, segundo Freud).

O Simbólico é a linguagem, a cultura, a lei, o inconsciente, o Outro, o Significante (conteúdo manifesto freudiano).

O Real é tudo o que não é imaginarizável nem simbolizável. É o indizível, o insuportável, aquilo que Freud chamou de "realidade psíquica", de trauma, castração e, sobretudo, a morte.

Portanto, é bem mais vasto o legado de Lacan. Se formos reduzi-lo a uma frase, lembraria o diálogo com os leitores da Venezuela, quando lá esteve em 1980, que se mostraram orgulhosos com sua visita àquele país e declararam-se lacanianos fervorosos, recebendo como resposta: *Se vocês querem ser lacanianos, que o sejam. Eu sou freudiano.*

Só que, neste penúltimo ano de vida, Lacan era tudo, menos freudiano, a meu ver.

CAPÍTULO II

# Breve biografia de James Joyce

James Augustine Aloysius Joyce, irlandês (1882-1941), viveu grande parte da vida autoexilado (Croácia, Itália, Suíça, França). De novo em Zurique, falece de úlcera duodenal e quase cego, aos 58 anos. Tinha dois tipos de fobia: cinofobia, fobia de cães, talvez por ter sido mordido por um deles, e brontofobia, isto é, fobia de raios.

Sua família era católica, tinha bons recursos, mas perdeu o status e passou a viver remediadamente. Seus pais eram Mary Murray Joyce e John Stanislaus Joyce. James era o mais velho de dez filhos.

Aos seis anos, começou a estudar em um colégio jesuíta de alto padrão. O pai fica desempregado, a família passa por uma situação de pobreza e, mais tarde, Joyce entra noutra instituição jesuíta mais conceituada, em que teve uma formação aprimoradíssima.

É quase inacreditável o fato de que, aos nove anos, escreveu seu primeiro poema, com título em latim: *"Et tu, Healy?"* Sobretudo porque tudo indica que, nesta idade, já devia ter conhecimento da língua latina e respeitável cultura clássica.

O título do poema sugere fortemente esta hipótese. Vejamos: o personagem Tim Healy, um líder irlandês, foi considerado traidor, porque dedurou à Igreja Católica o envolvimento de um conhecido com uma mulher casada. Daí o título do poema, cuja tradução é: Até você, Healy?

Minha hipótese é de que Joyce conhecia e quase plagiou uma famosa sentença latina, pronunciada por Júlio César, à véspera de seu assassinato. Ele disse: *"Tu quoque, Brute, fili mi?"*, cuja tradução, idêntica à anterior é: Até você, Brutus, meu filho? Aqui também houve uma traição: Brutus aliou-se aos assassinos de seu pai. As palavras *Et* e *quoque*, nestes contextos, são sinônimos em latim[22].

Aos dezesseis anos, Joyce rejeita o catolicismo, embora continuando a admirar a filosofia de Santo Tomás de Aquino. Nesta época, militava também bravamente pela independência da Irlanda, entendendo que o Reino Unido sufocava sua pátria. Seu estilo literário foi um constante ataque à língua inglesa. E sua rejeição ao catolicismo foi um protesto ao apoio que a Igreja dava ao domínio inglês, contra a emancipação da Irlanda.

É curioso que, na mesma época, com pequena diferença de idade, outro gigante da literatura, Fernando Pessoa, recebia a mesma instrução jesuítica, num colégio da África do Sul. Há, entre os dois, também algumas outras ligações. Tinham quase a mesma idade, seis anos de diferença, e Joyce era descendente de portugueses. Ambos se afastaram do catolicismo na juventude, ambos brilharam na literatura, na prosa ou na poesia. Na biblioteca de Pessoa havia um exemplar do *Ulisses* de Joyce.

Em 1902, Joyce foi para Paris, com a intenção de estudar medicina, mas encontrou lá um forte movimento artístico, e se dedica à literatura.

Em 1904, Joyce conhece sua futura esposa, Nora Barnacle, uma jovem camareira. Joyce escolheu o dia 16 de junho, conhecido universalmente como o *Bloomsday*, para ser, depois, imortalizado em seu grande livro *Ulisses*, porque foi neste dia que o casal teve o primeiro encontro. Dois filhos nasceram deste casamento: Giorgio e Lucia. Esta era esquizofrênica. Em 1915, o casal muda-se para a Suíça.

Parece que foi predestinado a se envolver com a Psicanálise, já que o nome Joyce tem na raiz o *joy*, alegria, fazendo um parentesco com a palavra Freud, que tem o mesmo significado em alemão. Mas Joyce não alimentava simpatia por Freud, e se *freudianizou* com aversão a ele, e não quis se analisar, apesar de Lacan ter desejado convencê-lo. Por outro lado, James, em inglês, corresponde ao Jacques (Lacan),

---

[22] Tosi, Renzo. *Dicionário de sentenças Latinas e Gregas*. Ivone Castilho Benedetti (trad.): São Paulo, Martins Fontes, 2000, p. 129.

no francês. Não tinha como escapar. O trio era destinado ao sucesso, à genialidade e à glória.

Segundo Dirce Waltrick do Amarante[23],

> *"Muito embora Joyce nunca se referisse aos trabalhos de Jung ou Freud como tendo sido fundamentais para elaborar sua escritura (preferia dizer que desgostava de ambos os autores), eles são mencionados várias vezes em* Finnegans Wake. *Para alguns críticos, o romance se basearia num sonho descrito por Freud no livro Interpretação dos sonhos, embora até hoje esse sonho não tenha sido claramente identificado. Além disso, segundo Atherton, Joyce talvez tenha incorporado de Freud a teoria de que cada palavra, sendo um ponto de ligação de conceitos variados, representa sempre uma ambiguidade."*

Outro ponto comum aos dois, é que tiveram que passar por várias cirurgias: Freud, na boca, e Joyce nos olhos, que o fizeram chegar ao fim da vida quase cego.

Joyce teve também que gastar dinheiro para cuidar dos problemas de sua filha Lucia, diagnosticada como esquizofrênica. Joyce não aceitava esse diagnóstico, mas sua filha passou uns vinte anos em hospital psiquiátrico. E a linguagem de Lucia, segundo o próprio pai, certamente influenciou seu estilo de escrever em *Finnegans Wake*.

O interesse de Joyce por Jung foi bem menor do que o respeito que teve para com Freud. De Jung há somente pobres referências aos conceitos de subconsciente e inconsciente coletivo, que não fazem parte do arsenal teórico freudiano.

Lacan só encontrou Joyce pessoalmente duas vezes, aos dezessete anos, numa livraria, e aos 20 anos, por ocasião da primeira leitura do lançamento da tradução francesa de *Ulisses*. Mas Oscar Cesarotto relata um terceiro encontro em 1938, em Paris, no prefácio deste livro. Este terceiro encontro com Joyce foi uma única e imperdível chance que Lacan, aos 38 anos, teve e perdeu, de se encontrar e conhecer

---

[23] Amarante, Dirce Waltrick do. *Para ler Finnegans Wake de James Joyce*. São Paulo: Iluminuras 2009, p. 56.

Freud, que passava por Paris, naquele mesmo dia, no último ano de vida. Curioso, não?

É interessante que, no Brasil, Guimarães Rosa foi um leitor de Joyce. Outro fato curioso é relatado por Dirce, em *James Joyce e seus tradutores*[24]. É que, em 2004, foi publicada no Brasil, uma versão para crianças do quase ilegível e sempre enigmático *Finnegans Wake*, sob o título de *Finnício riovém*. Quem assina o livro, (desconheço existir uma versão infantojuvenil equivalente em inglês ou em qualquer outra língua) é Donaldo Schüler, tradutor do citado romance joyciano.

Destaco cinco livros da vasta produção de Joyce:

*Dublinenses*, (em Portugal: *Gente de Dublin),* 1914, onde descreve os hábitos e cultura da cidade natal, onde morou e que tanto admirava. Joyce teve dificuldade para publicar este livro. As editoras se recusavam e Joyce não tinha dinheiro para pagar a edição. Após quatro anos, finalmente, uma aceitou, publicou, mas os desentendimentos continuavam e fizeram com que ela decidisse queimar toda a edição, alegando que o livro não era adequado para seus leitores, contendo partes censuráveis. Joyce conseguiu salvar um exemplar.

O livro consta de quinze contos sobre a história da cidade, os cidadãos e a cultura daquele momento, caracterizado por movimentos de luta pela independência da Irlanda.

*Retrato do artista quando jovem,* 1916, onde relata detalhadamente sua vida no Colégio Jesuíta. Ele não se considera um artista, mas "o artista".

Quando entrou, jovem ainda, pela primeira vez, no famoso colégio, um castelo antigo obscuro e de corredores compridos, o jovem fica assustado e, caminhando por aqueles cômodos, tem a impressão de ver 'retratos' ou quadros de santos pelas paredes, impressionado. É possível que este cenário o tenha inspirado para o título deste livro,

---

[24] Amarante, Dirce Waltrick do. Opus cit. 2015. P.86

ao começar aquela formação de um escritor que seria considerado, até por ele mesmo, como 'o artista'.

Um incidente, aparentemente simples, significou uma prova profunda disto para ele. Durante um horário de recreio, quando os alunos se divertiam, um colega atropelou-o levemente com a bicicleta, e seus óculos caíram e se quebraram, impedindo-o de acompanhar adequadamente seus estudos. Joyce avisou à sua família para que providenciasse o conserto.

Quando o Prefeito dos alunos soube do acontecido, começou um sofrimento para Joyce. A disciplina do colégio era rigorosíssima e as punições eram absurdas. O Prefeito encaminhou o 'infrator' ao Reitor. Nada era mais temido pelos alunos. Todos ficaram em alerta para o que ia acontecer.

Joyce chega e entra na sala do Reitor, as pernas tremendo, medo do castigo violento, gaguejando, lágrimas, e começa o interrogatório. Mas Joyce consegue controlar-se, surpreso, responde calmamente às ameaças, e o Reitor vai ficando desarmado, sem saber o que fazer. Resumindo, o Reitor estende as mãos para Joyce, bem ao lado de uma caveira que está sobre a mesa, Joyce responde ao gesto, sobrepõe sua mão à outra, e é dispensado sem mais nem menos.

Sem acreditar no que aconteceu, Joyce volta para junto dos colegas reunidos e curiosos de saber como tinha sido aquele encontro fatídico. E perguntam todos: *e aí?* Ninguém acreditava. Mas Joyce sacou, naquele justo instante, que era mesmo "o artista", para o resto da vida. Este era seu retrato.

Aconteceu um outro incidente não menos sensacional que este, conhecido como 'briga com os amigos'. Numa longa discussão sobre a intelectualidade dos prosadores e dos poetas, ao ser feita a pergunta sobre quem era o melhor poeta, Joyce responde: *É o Lord Byron.* Os ânimos se exaltaram com tal furor que a briga irrompeu. Joyce foi atacado na perna com uma bengala, foi depois imobilizado pelos colegas e empurrado contra uma cerca de arame farpado.

Os atacantes fugiram e Joyce voltava pensativo. E falou: *'tiraram-me a casca'*. Perguntava-se por que não conseguia sentir raiva dos colegas. Como resposta, a lembrança das vozes de seu pai e de professores concitando-o a ser sempre um *gentleman* e um bom católico. Outras vozes conclamavam-no a ser fiel à pátria, à sua língua, às suas tradições. Outra voz ainda mais insistente cobrava dele restabelecer, com seu trabalho, a condição decaída do pai.

Este livro foi uma preparação para o *Ulisses*, a seguir, formando um trio dos mais importantes, junto com *Finnegans Wake*.

*Ulisses*, 1922, data que marca o movimento da Arte Moderna, em todo o mundo. O livro descreve o que se passa na humanidade durante um único dia, em dezoito capítulos, nas dezoito horas do dia 16 de junho de 1924, o Bloomsday, comemorado no mundo inteiro por uma plêiade de fanáticos admiradores. Em São Paulo essa comemoração já ultrapassa duas décadas. Como hoje estamos em 2024, já é o primeiro centenário do Bloomsday.

Temos, no Brasil, três excelentes traduções do *Ulisses*: a primeira é do filólogo Antônio Houaiss, em 1966; a segunda é de Bernardina da Silveira Pinheiro, em 2007; a última, de Caetano Waldrigues Galindo, de 2012.

São lembrados aí os personagens da *Odisseia* de Homero: Odisseu (Ulisses), Penélope e Telêmaco, representados pelas pessoas de Leopold Bloom, Molly Bloom e Stefen Dedalus.

Conta-se aí toda a história da humanidade, no período de um dia comum. Esta história que se repete, desde quando Homero descreveu a viagem de Odisseu, após a guerra de Troia, voltando para Ítaca, a ilha em que era rei, onde o aguardava sua fiel esposa Penélope.

Neste livro, considerado uma obra prima, Joyce seria este herói que, tentando libertar sua Irlanda do domínio inglês, sai viajando pelo mundo como um exilado, agora acompanhado da esposa e filhos, enfrentando dificuldades, inclusive financeiras.

Considerado por alguns como um livro pornográfico, o moderno *Ulisses* que representa cada ser humano e a humanidade toda, foi proibido em alguns países e queimado em outros. Com muitas alusões à literatura grega e à Bíblia, está na lista dos cem livros do século.

Como é a consciência que nos dirige na vigília, não é tão difícil sua leitura. Mas, como Joyce manipula a linguagem de uma maneira muito livre e pessoal, ele se dá ao direito de ser também irreverente com relação à religião cristã.

De acordo com a tradução de Bernardina da Silveira[25], o livro começa com uma provocação e irreverência já no primeiro parágrafo:

> *Majestoso, o gorducho Buck Mulligan apareceu no topo da escada, trazendo na mão uma tigela com espuma sobre a qual repousavam, cruzados, um espelho e uma navalha de barba. Um penhoar amarelo, desamarrado, flutuando suavemente atrás dele no ar fresco da manhã. Ele ergueu a tigela e entoou: — Introibo ad altare Dei[26].*

Lacan[27] também cita um desafio que o professor Joyce, na pessoa de Stephen, propõe a seus alunos, em alguns versos, como enigma:

*O galo cacarejou*
*O céu azulou*
*Sinos de bronze*
*Soaram onze*
*A hora da pobre alma*
*Ir pro céu chegou*

Resposta ao enigma: *A raposa enterrando sua avó sob um arbusto.*

E como termina o *Ulisses*? Depois de várias novidades, como pautas de música, leiga ou religiosa, frases com 2.500 palavras, palavras

---

[25] Pinheiro, Bernardina da Silveira. *James Joyce, Ulisses.* Rio de Janeiro, Editora Objetiva Ltda. 2007.P. 27.
[26] Subirei ao altar de Deus. Assim começavam as missas em latim.
[27] Lacan, Jacques. *Opus cit.* 2007, p. 69.

enormes, chegamos às 50 páginas finais, de um total de 908 páginas, onde não há mais pontuação, na fala de Bernardina Pinheiro[28]:

> *Quando eu era uma mocinha onde eu era uma Flor da montanha sim quando eu pus uma rosa no meu cabelo como as moças andaluzas usavam ou será que eu vou usar uma vermelha sim e como ele me beijou debaixo do muro mouresco e eu pensei bem tanto faz ele como um outro e então eu lhe pedi com meus olhos que pedisse novamente sim e então ele me pediu se eu queria sim dizer sim minha flor da montanha e primeiro eu pus meus braços à sua volta sim e o arrastei para baixo sobre mim para que ele pudesse sentir meus seios todos perfume sim e seu coração disparou como louco e sim eu disse sim eu quero Sim.*

O tradutor e poeta Sérgio Medeiros publicou um artigo de jornal sobre o Ulisses, destacando que, na última citação acima[29], a mocinha em questão, a Sra. Molly, esposa do personagem Leopold Bloom, repetia o sim em qualquer situação.

E Dirce Waltrick do Amarante[30], também em artigo no mesmo jornal, afirma que Leopold Bloom ama sua mulher Molly, que é *"mulher vulgar, pouco intelectual e que o trai"*.

Ainda Dirce Waltrick do Amarante[31] mostra, em poucas linhas, a atitude de Joyce com relação à Irlanda, à Igreja e às mulheres, que lhe custou críticas pela irreverência e misoginia:

> *Eu sinto orgulho em pensar que meu filho [...] será sempre um estrangeiro na Irlanda, um homem falando uma outra língua e educado numa tradição diferente.*
>
> *Eu odeio a Irlanda e os irlandeses. Eles me olham na rua pensando que eu nasci entre eles. Talvez eles percebam meu ódio em meus olhos.*

[28] Opus cit. 2007. P. 839.
[29] Medeiros, Sérgio, in Jornal O Estado de S. Paulo, Caderno Sabático. *A Sra. Molly e o seu inesgotável "Sim"*. 28-04-2012. P. 5.
[30] Amarante, Dirce Waltrick do. In Jornal O Estado de S. Paulo, Caderno Sabático. *Fragmentos de Leopold Bloom*. 28-04-2012. P. 4.
[31] Opus cit. 2015, p. 104.

*Não vejo nada em nenhum lado, a não ser a imagem do sacerdote adúltero e seus criados e mulheres mentirosas e maliciosas (tradução de Sérgio Medeiros e da autora).*

Outras passagens do *Ulisses*, como essa, causaram resistência à publicação do livro, consideradas irreverentes ou pornográficas, como a seguinte descrição de Bernardina Pinheiro[32], com o título de *As prostitutas:*

> *Anjos muito como prostitutas e santos apóstolos como grandes e miseráveis rufiões. Demimondaines muito elegantes reluzentes de diamantes muito agradavelmente trajadas. Ou você gosta e prefere o que pertence à turpitude moderna prazerosa dos homens velhos? [...] Estátua de borracha de mulher reversível ou machonas tamanho natural de nudezes virgens muito lésbicas o beijo repetido cinco dez vezes. Entre, cavalheiro, para ver no espelho todas as posições de trapézio todo aquele engenho ali além do mais se desejar também veja o ato terrivelmente bestial do filho de açougueiro que fornica no fígado ainda quente da vitela ou com omelete sobre o ventre pièce de Shakespeare.*

*O gato e o diabo*, 1936, livro infantil, inicialmente uma carta enviada pelo autor a seu neto de quatro anos. A história é simples:

A linda e pequena cidade de Beaugency era cortada por um largo rio que obrigava as pessoas a atravessá-lo só de barco, por falta de uma ponte. O Prefeito não tinha dinheiro para construir uma. Sabendo disso pelos jornais, o Diabo ofereceu-se para construí-la em uma única noite e gratuitamente. A única exigência era que a primeira pessoa a atravessar a ponte teria que passar a pertencer ao diabo.

Feito o acordo, o povo foi surpreendido com a bela ponte. Todos foram conhecê-la, vendo o diabo do outro lado. Mas, com medo do diabo, ninguém teve coragem de atravessá-la. O Prefeito estava junto

---

[32] Opus cit. 2007. P. 604.

com a multidão, preocupado com o que acontecia e desesperado por não conseguir cumprir seu contrato com o Diabo.

Acontece que o Prefeito carregava um gato de estimação num dos braços e um balde de água fria no outro. Então despejou o balde em cima do gato que, também agora desesperado, sai correndo em direção ao Diabo, pulando-lhe nos braços. Furioso, o Diabo grita para a população: "Vocês não passam de gatos". Os moradores, até hoje, são chamados de "Gatos de Beaugency".

Neste ramo da literatura infantil, Joyce escreveu mais dois contos, também em forma de carta a seu neto: *Os gatos de Copenhague* e *Os macaqueiros de Zurique*. Estes contos estão publicados no Brasil. Quanto ao estilo, todos os livros já citados são o oposto do último que segue agora, o mais polêmico e de difícil acesso.

*Finnegans Wake*, 1939. Uma espécie de dupla complementar com o *Ulisses*, o título do *Finnegans* é baseado numa lenda irlandesa muito popular, e Joyce passou 16 anos escrevendo este seu último livro, contando, agora, a mesma história da humanidade, só que durante a noite, quando todos estão sonhando.

O uso de associações livres oníricas, deformações inconscientes, arcaísmos, trocadilhos, homofonias linguísticas e translinguísticas, e a utilização de uma língua inglesa obsoleta, o gaélico, torna a tradução praticamente impossível. O inglês gaélico era tão infamiliar que foi preciso fazer uma tradução para o inglês oficial. Literalmente, Joyce estava destruindo a língua da Inglaterra.

Além disso, de acordo com Dirce Waltrick do Amarante[33], Joyce utilizava *mais de 63 línguas*. Essa quantidade de línguas é confirmada por Colette Soler[34]. Já a historiadora e psicanalista Elisabeth Roudinesco[35] afirma que Joyce misturava 19 línguas nesta grande obra final. Até parece a torre de Babel.

[33] Amarante, Dirce Waltrick do. Opus cit. 2009, p.35.
[34] Soler, Colette. *Lacan, leitor de Joyce*. Cícero Oliveira (trad.): São Paulo, 2018. P.146.
[35] Roudinesco, Elisabeth. *Jacques Lacan, esboço de uma vida, história de um sistema de pensamento*. Paulo Neves (trad.) São Paulo, Editora Schwarcz, 1994, p. 373.

Joyce utilizava quantas dessas línguas quisesse, várias delas numa única palavra ou frase, grafando o som de uma língua em outra língua. A fonia é sempre mais importante do que a grafia. Razão pela qual ele recomendava que seus livros fossem lidos em voz alta, para se perceberem os sons, que iriam sugerir, para daí se concluir em que língua foram escritos, o que facilitaria descobrir o significado.

Também aconselhava a continuar a leitura quando não se entendia nada. Não foi assim com Lacan também? Isto propiciou a criação de um estilo literário nunca antes encontrado. Apesar de toda a dificuldade, o texto pode ser decodificado, porque sua origem gráfica e silábica está sempre registrada em algum dicionário autorizado.

O capítulo VIII do *Finnegans Wake* tem uma surpreendente particularidade de ser uma homenagem à mulher, que redundou em reações díspares das feministas e das femininas. A especialista e excelente tradutora de James Joyce, Dirce Waltrick do Amarante[36], no posfácio de seu livro *Para ler Finnegans Wake de James Joyce,* já citado, coloca o título de *Anna Livia Plurabelle: A Irlanda de Joyce.*

O grande consenso com relação a Joyce é certamente no sentido da enorme dificuldade, quase impossibilidade, de traduzi-lo. No dizer do psicanalista Ricardo Goldenberg[37], em *Desler Lacan,* de 2018, uma tradução implica sempre numa "desleitura" do original. Isto, em Joyce, é elevado a uma segunda potência. Somente tradutores da mais alta envergadura podem atrever-se. Mesmo assim, cada desleitura difere bastante de qualquer outra, no mesmo texto. Como exemplo, tomemos um mesmo pequeno trecho de duas traduções já citadas aqui, do início do capítulo VIII do *Finnegans.* A primeira é de Dirce Waltrick[38], em *Finnegans Rivolta,* enquanto que a segunda é de Donaldo Schüler[39], em *Finnicius Revém.*

---

[36] Amarante, Dirce Waltrick do, opus cit. 2009, p. 157.
[37] Goldenberg, Ricardo. *Desler Lacan.* São Paulo, Instituto Langage, 2018. Capa do livro.
[38] Amarante, Dirce Waltrick do. *James Joyce, Finnegans Rivolta.* Coletivo Finnegans (trad.): São Paulo, Iluminuras, 2022. P. 225.
[39] Schüler, Donaldo. *James Joyce, Finnegans Wake, Finnícius Revém.* Cotia,S.P. Ateliê Editorial, 2012, p.196.

*O Me conta tudo sobre Anna Lívia! Quero saber tudo sobre Anna Lívia. Bem, Conheces Anna Lívia? Claro que sim, todo mundo conhece Anna Lívia. Me conta tudo. Me conta já. Cais dura se ouvires. Bem, sabres, quando o velho foolgado fallou e fez o que sabes. Sei, sim, anda logo. Lava aí não enroles. Arregaça as mangas e solta a língua. E não me baitas— ei! — quando te apaixas. Seja lá o que quer que tenha sido eles tentarem doiscifrar o que ele trestou fazer no parque Fiendish. É um grandessíssimo velhaco. Olha a camisa dele! Olha que suja questá!* (Versão da Dirce Waltrick do Amarante).

*O Conta-me tudo sobre Ana Lívia. Quero ouvir tudo sobre Ana Lívia. Bem, conheces Ana Lívia? Açai, claro, todos conhecemos Ana Lívia. Conta-me tudo. Conta-me agora. É de morrer o que escutarás. Bem, sabes, quando o velho velhaco fez fiasco e fez o que fez. Sim, sei, adiante. Lava limpo e deixa de fazer onda. Arregaça as mangas e abre o bico. Nada de abaeter em mim -ai! — quando te abayas. O que é que Tefé que tresandaram a descobrir o que doisdou de fazer no Fuscoix Parque. Trata-se de piolhento pilontra. Olha para esta tamisa que é dele! Repara a sujeira.* (Versão de Donaldo Schüler)

No romance, Joyce considera Anna Lívia como figura feminina geradora da vida, que irá despertar (ou velar: "wake him") o herói do romance, que é a Irlanda. E por que as diferentes reações das mulheres?

Para uma corrente de estudos feministas parece "difícil" estudar com simpatia esta obra do escritor irlandês James Joyce, uma vez que o autor de *Ulisses* é sempre lembrado por haver dito: "*eu odeio mulheres que não sabem nada*", fato agravado pela circunstância de ser o romancista também acusado de excluir suas personagens femininas da produção cultural em suas narrativas e de usar algumas vezes uma linguagem que expressa um certo desprezo ou aversão às mulheres.

Para outra corrente de estudos feministas, entretanto, a subversão das convenções sociais e literárias que o escritor promove em sua obra é entendida como uma aliança com o feminismo.

Este capítulo VIII sofreu também com problemas de censura oficial na Inglaterra, segundo Dirce Waltrick do Amarante[40]. (2009, pág.24):

> *Além disso, a linguagem "incompreensível" para a maioria dos leitores, criou um problema conflitante para os críticos, uma vez que, se por um lado, a singularidade linguística e poética da obra tornava o texto interessante, por outro lado sua aparente falta de sentido e o consequente fracasso em comprazer o desejo de entendimento imediato do leitor fomentavam hostilidade.*

O primeiro "ataque" de uma "pessoa íntima" ao *Finnegans Wake* partiu do próprio irmão de Joyce, Stanislaus. Em 7 de agosto de 1924, Stanislaus escreveu ao irmão[41]:

> *Recebi um fascículo do seu romance [...]. Não sei se o palavreado debiloide sobre metade de um chapéu de baile e banheiros modernos de senhoras (praticamente as únicas coisas que entendi nessa produção de pesadelo) é escrito com a intenção deliberada de dar uma rasteira no leitor ou não. [...] Eu, de minha parte, não leria mais um parágrafo daquilo se não conhecesse você.*

Estes depoimentos datam de exatamente cem anos atrás. Portanto, não causa nenhuma estranheza que, até hoje, Joyce ainda seja motivo de tanta querela na literatura e na psicanálise.

É comum que as pessoas critiquem o *Finnegans* pelo fato de não ter um enredo definido, onde cada capítulo é independente e, o pior de tudo, que é a característica geral, a linguagem utilizada praticamente impede qualquer tipo de comunicação, pela quantidade de calembures (homofonias translinguísticas) utilizados. Como Joyce estava revoltado e desesperançado de conseguir aquilo pelo qual lutara a vida inteira, o livro é como uma carta de despedida, como se fosse um palavrão.

---

[40] Amarante, Dirce Waltrick do. Opus cit. 2009. P.24
[41] Idem, ibidem. P. 24.

Ainda segundo Dirce Waltrick do Amarante[42]:

> *Joyce incluiu no seu novo idioma tanto as línguas modernas quanto as antigas, orientais e ocidentais, e ainda distorceu e disfarçou muitas delas, criando, assim, um enorme "quebra-cabeça cheio de adivinhações e jogos de palavras".*
>
> *A primeira dificuldade que o leitor enfrenta ao iniciar a leitura do romance é saber em que língua este está escrito, ou melhor, qual é sua língua básica, uma vez que nem sempre é evidente ser o inglês a língua que prevalece sobre as outras. "Não sei em que língua, não sei em quantas línguas" está escrito o romance, concluiu o filósofo Jacques Derrida.*

E é curioso também que uma crítica imediata e pesada tenha partido exatamente de um familiar de Joyce.

Quase na mesma data em que o irmão de Joyce repudia aquele texto, hoje considerado obra prima incontestável, Freud escreveu um profundo texto com o título de *O estranho* (em 1919). O assunto aí tratado é tão relevante e complexo, que tem recebido várias outras traduções até hoje, como: *O estranho, O sinistro, O sobrenatural, O infamiliar.* Este último tem sido o preferido atualmente, até porque, no original, em alemão, Freud utilizou o significante *Das Unheimlich,* que resume toda a questão.

Em alemão, coisa raríssima, esta palavra significa, ao memo tempo, *O familiar* e seu contrário, *O infamiliar.*

A complexidade na tradução não se limita à língua portuguesa, devido à grande riqueza de significados estranhos e familiares. Freud fez esta pesquisa em várias outras línguas sobre a correspondência com o original *Unheimlich.* Por exemplo[43]:

---

[42] Amarante, Dirce Waltrick do. Opus cit. 2009, p. 66.
[43] Freud, Sigmund. *Obras Completas, O estranho.* Jayme Salomão (trad.): Rio de Janeiro, Imago Editora. vol. XVII, 1976, p. 273.

- » Em latim: *locus suspectus,* um lugar suspeito;
- » Em grego: estrangeiro;
- » Em inglês: *uncomfortable*, desconfortável;
- » Em francês: *inquiétant, lugubre*: inquietante, lúgubre;
- » Em espanhol: *sospechoso, de mal agüero*: suspeito, mal-agourado;
- » Em árabe e hebreu: demoníaco, horrível;

A etimologia da palavra é: *Heim* (lar); *Heimlich* (familiar); *Unheimlich* (estranho e familiar). Este prefixo *Un* é daquelas palavras com significados ambíguos, diferentes, mas não contraditórios, como acontece também com a palavra alemã *Unbewisste* (inconsciente), aqui ambígua, porque implica um saber, não sabido e familiar, ao mesmo tempo, mas ignorado.

O texto de Freud sobre o *Infamiliar* começa falando sobre estética, entendida como a teoria das qualidades do sentir. Não é só o conceito de bonito ou feio, mas tudo o que nos faz sentir. Tanto assim que o oposto de estético é o anestésico, que nos impede de sentir.

Freud explora aí um ramo da literatura fantástica que valoriza o assustador, que provoca medo e horror, com base no conto "*O Homem da Areia*", do escritor e compositor alemão Ernst Theodor Amadeus (antes Wilhelm) Hoffmann (1776-1822).

Trata-se da história fantástica de um homem que joga areia nos olhos das crianças, na hora de dormir. Os olhos sangram e saltam das órbitas, sendo colocados num saco e levados pelo homem para alimentar seus filhos na lua.

Em outros textos, Freud explora o terror dos demônios e fantasmas shakespeareanos.

Exemplos do estranho, propostos por Freud:

O medo de perder os olhos implica num temor da castração. Chamamos de 'menina dos olhos' aquilo que muito estimamos. Édipo e Tirésias perderam a visão, como castigo. Mas, em compensação, foi com a cegueira que se tornaram os verdadeiros videntes ou adivinhos.

Outro aspecto da estranheza decorre do fato de não se saber se um ser está vivo ou morto, como as figuras de cera, os bonecos e autômatos, os robôs.

O fenômeno do 'duplo' faz com que objetos semelhantes sejam considerados idênticos. O sujeito identifica-se com outra pessoa, ficando em dúvida sobre quem é o seu eu.

No conto do *Homem da areia*, o pai de Nataniel e o advogado Copélio (que faz o personagem do *Homem da areia*), formam um duplo; igualmente, o professor Spalanzani e o oculista Coppola; e também a boneca Olímpia, representante da atitude feminina de Nataniel.

Otto Rank destacou o duplo no reflexo do espelho, nas sombras, nos espíritos, na crença na alma e no medo da morte. A alma imortal foi o primeiro duplo do corpo.

A duplicação ou multiplicação de um símbolo genital é uma defesa contra a castração (como no texto *A cabeça da Medusa*). Consciência e inconsciente, eu e supereu, são outros duplos de nós mesmos que nutrem em nós a ilusão da Vontade Livre.

Otto Rank baseou-se na lenda do '*Estudante de Praga*', filme de Wegener (1913), com roteiro de Ewers, inspirado em Hoffmann, Goethe e Edgar A. Poe. No enredo, o herói prometeu à sua amada não matar o antagonista num duelo. Mas, a caminho do local combinado para o duelo, ele encontra seu 'duplo', que já havia matado o rival.

A repetição da mesma coisa causa estranheza, evocando a sensação de desamparo. Freud relata sua experiência de voltar três vezes, sem querer, à zona de prostituição. Tal ocorrência pode evocar a superstição, o mau-olhado ou jetatura, o pressentimento.

Um ano depois, Freud qualifica a compulsão à repetição como 'pulsão de morte'.

A onipotência de pensamentos e a técnica da magia associam-se aos exemplos de coisas assustadoras que sugerem o retorno do reprimido.

Sensações de terror estão ligadas ao retorno dos mortos, espíritos e fantasmas, casas assombradas, vampiros, que assustam e ao mesmo tempo fascinam, porque nos ligam à ideia da morte, temida e desejada.

As religiões tentam nos acalmar com a promessa de outra vida que não acabará nunca. A ciência moderna inventou o congelamento dos cadáveres, para futura ressurreição.

Outra fonte de terror são as intenções maldosas que atribuímos às pessoas. Vivemos de sobreaviso quanto aos possíveis assaltos e sequestros cotidianos.

A epilepsia e a loucura causam medo e foram, na Idade Média, atribuídas aos demônios.

A estranheza vem também da visão de membros arrancados, cabeça decepada, mão cortada no pulso, alusões à castração. Há também o medo de ser enterrado vivo.

Suprimir a distinção entre imaginação e realidade causa angústia, como o suspense e os efeitos especiais cinematográficos.

Além do sinistro causado em todas as pessoas pela exposição das partes pudendas, os neuróticos do sexo masculino estranham especialmente o órgão genital feminino, a chamada 'vagina dentada', que ameaçaria comer o pênis.

Quanto ao útero, é tão estranho quanto familiar, já que foi o primeiro lar, Heim de todos nós.

Esta exposição freudiana sobre o conceito de infamiliar e estranho justifica-se pelo fato de que, no texto sobre *James Joyce e seus tradutores*, Dirce[44] se refere ao conto joyciano do *Gato e o Diabo*, como fazendo parte de uma literatura gótica infantil. Na lista apresentada por Freud, consta a presença do Demônio como um dos elementos que causam estranheza. Assim diz a autora:

> *Um conto infantil de um autor que nasceu Na Irlanda, berço de clássicos do horror, como Drácula (1887), de Bram Stocker, e O retrato de Dorian Gray (1891), de Oscar Wilde, e cujo protagonista é o diabo,*

[44] Amarante, Dirce Waltric do. Opus cit. 2015, p. 89.

*quase impõe que seja lido como uma narrativa gótica tradicional. Mas, no conto joyciano, por todas as características que o texto apresenta, a literatura gótica clássica dá lugar à literatura gótica cômica, como se verá.*

Haroldo e Augusto de Campos, foram os primeiros tradutores brasileiros de uma parte deste último livro de Joyce, o mais polêmico, difícil e importante.

Recentemente, surgiram mais duas excelentes traduções, sendo que a de Donaldo Schüler, pelo Ateliê Editorial, em 2001, foi a primeira tradução completa, além de bilingue, com o título de *Finnicius Revém*. A palavra *Revém,* do título, é rica de significação, como alusão a *Wake,* alusão à ressurreição de Finnegan durante seu próprio funeral, e à ressurreição de todos, conforme a doutrina cristã.

A segunda tradução, também completa, com o título de *Finnegans Rivolta, é* de Dirce Waltrick do Amarante, Professora na U.F.S.C. Dirce foi a Organizadora do livro, em bela apresentação, publicado pela Editora Iluminuras, em 2022. O título é bastante sugestivo também, já que a palavra *Rivolta* alude à histórica revolta de Joyce contra a Inglaterra e a Igreja Católica. Mais sugestiva ainda foi a merecida conquista do Prêmio Jabuti, na categoria de Tradução, no final de 2023.

Nessa edição, a tradução é feita pelo Coletivo Finnegans, composto por 11 tradutores especialistas em James Joyce. O capítulo VIII foi publicado pela segunda vez pela autora, já que consta também na edição de *Para ler Finnegans Wake,* de 2009.

CAPÍTULO III

# Joyce era louco?

Joyce, o escritor que inventou uma forma inédita de escrita suscita a dúvida de ser louco.

A História da loucura, desde a desobediência de Eva, pela prática criativa de algo incomum e proibido no paraíso, transformou-se numa brilhante herança humana, nem sempre devidamente valorizada.

De acordo com a *Grande Enciclopédia Larousse Cultural*[45], o mais profundo estudo sobre a loucura foi feito por Michel Foucault, em seu livro *História da Loucura* (1961). Segundo Foucault, já na Idade Média, a loucura era considerada uma experiência pessoal, como todas as outras, embora a Igreja a avaliasse como possessão demoníaca.

No século XV, era bruxaria e heresia, menos para os renascentistas, que equiparavam a loucura a uma outra forma de razão, a ponto de ser elevada à condição de remédio para a monotonia da vida, na pena de Erasmo de Rotterdam, em *Elogio da loucura,* de 1511. Erasmo também se refere à 'loucura dos artistas', tema retomado por Lacan ao comentar a arte da escrita em James Joyce.

Donaldo Schüller[46] utilizou a famosa pergunta de Lacan: *Joyce era louco?* como título de seu próprio livro. E aí cita Erasmo de Rotterdam argumentando que *a loucura dos artistas é alegria dos deuses e dos homens, [...] presente em brincadeiras conjugais, [...] acende o sorriso no rosto das crianças, [...] sem loucura não há vida [...] loucura e sabedoria se confundem.*

Ainda segundo a *Enciclopédia Larousse*, no final do século XVIII, a loucura foi 'promovida' a doença mental, a um desvio da norma, e destinada aos asilos. Com a psicanálise, seria uma tentativa de

---

[45] Grande Enciclopédia Larousse Cultural, verbete Foucault, Michel. Nova Cultural Editora, 1998, p. 2523.
[46] Schüler, Donaldo. *Joyce era louco?* Cotia, S.P. Ateliê Editorial. 2017, p. 17.

regularizar os conflitos originários da infância. Para a medicina, era uma doença mental, e até hoje. Na psiquiatria, é manifestação psicótica, com origens genéticas, sociais, psicológicas e físicas. Foi convencionado afirmar aí uma ruptura com a realidade.

Nos anos 60, David Cooper e Ronald Laing lideraram o movimento da Antipsiquiatria, definindo a loucura simplesmente como uma realidade diferente da suposta sanidade. Mas o uso de medicamentos e internações é responsabilizado pela "fabricação de uma loucura patológica".

Os equívocos sobre o conceito de loucura dificultam qualquer consenso. Lacan define as mulheres como loucas, por não formarem um conjunto, e acrescenta o parentesco da loucura com a arte no caso de James Joyce e outros artistas.

Qual a etimologia do verbete loucura? Sempre sugeri que deriva do latim *loquere* (falar), de onde vem *locução*, mas nunca encontrei confirmação em vários dicionários etimológicos. Para o filósofo francês Jacques Derrida[47], *a filosofia não pode viver sem a loucura, presente ainda que negada. O louco estaria escondido em nós, louco do 'logos' (razão)*, agora com raiz grega. O maluco seria o *mais louco*.

No Dicionário de Elisabeth Roudinesco, já citado, a palavra loucura era praticamente sinônimo do que hoje chamamos de psicose, até o ano de 1845, quando o psiquiatra austríaco Enst von Feuchtersleben (1806-1849) introduziu o conceito de psicose, no lugar da palavra loucura.

Nesta mesma época, houve uma inversão dos conceitos de neurose e psicose. Esta última significava, inclusive etimologicamente, problemas psíquicos, enquanto a neurose, pela mesma razão, apontava para a neurologia. Justo o contrário do que acontece hoje, em que a neurose é que aponta para causas psíquicas, e a psicose habita hospitais e tem tratamento medicamentoso.

[47] Idem, ibidem, 2017, p. 16.

Freud já utilizava este conceito de psicose, sem a conotação psiquiátrica, orgânica, medicável, mas como uma estrutura clínica psíquica, de causas inconscientes, da mesma forma que a neurose.

## A loucura, para Lacan.

Em 1946, Lacan é taxativo nos *Escritos*[48]: *E o ser do homem não apenas não pode ser compreendido sem a loucura, como não seria o ser do homem se não trouxesse em si a loucura como limite de sua liberdade.*

Ao iniciar seu "retorno a Freud", em 1953, Lacan aponta três paradoxos nas relações entre a fala e a linguagem[49]:

a. *Na loucura, seja qual for sua natureza, convém reconhecermos, de um lado, a liberdade negativa de uma fala que renunciou a se fazer reconhecer, ou seja, aquilo que chamamos obstáculo à transferência, e, de outro lado, a formação singular de um delírio que — fabulatório, fantástico ou cosmológico; interpretativo, reivindicatório ou idealista — objetiva o sujeito em uma linguagem sem dialética. A ausência da fala manifesta-se nela pelas estereotipias de um discurso em que o sujeito, pode-se dizer, é mais falado do que fala.*

b. *O segundo caso é representado pelo campo privilegiado da descoberta psicanalítica: ou seja, os sintomas, a inibição e a angústia, na economia constitutiva das diferentes neuroses. Nele, a fala é expulsa do discurso concreto que ordena a consciência, mas encontra apoio, nas funções naturais do sujeito.*

c. *O terceiro paradoxo da relação da linguagem com a fala é o do sujeito que perde seu sentido nas objetivações do discurso [...]. Pois nisso está a alienação mais profunda do sujeito da civilização científica.*

[48] Lacan, Jacques. *Escritos, Formulações sobre a causalidade psíquica.* Vera Ribeiro (trad.): Rio de Janeiro, Jorge Zahar Editor. 1998, p. 177.
[49] Lacan, Jacques. Opus cit. 1998. P. 281,282.

Observação importante: no item 'a' acima, Lacan afirma que na loucura não há transferência, e existe o delírio. Ora, são duas características que Lacan sempre considerou como típicas da psicose. Portanto, aqui está uma prova de que, para o mestre, loucura e psicose são sinônimos. Isto provocou muitas polêmicas, sobretudo quando num dos últimos seminários dele, o *Seminário 23,* sobre James Joyce, Lacan mantém esta obscuridade sobre o fato, perguntando se Joyce era louco, e não respondendo.

Minha opinião, motivo principal deste livro, é postular que Joyce não era psicótico, podendo até ser chamado de louco, no bom sentido do domínio extraordinário da criatividade literária, que o fez admirado e respeitado no mundo inteiro como gênio.

No texto acima, em nota de rodapé, Lacan cita o aforismo de Lichtenberg: *Um louco que se imagina príncipe só difere do príncipe que efetivamente o é pelo fato de aquele ser um príncipe negativo, enquanto este é um louco negativo. Considerados sem seu sinal, eles são semelhantes.*

Lacan reforça essa ideia, citando um padrinho autorizado, Pascal, que disse: *os homens são tão necessariamente loucos que seria enlouquecer por uma outra forma de loucura não ser louco.*

## Nos dicionários

O que dizem os Dicionários de Psicanálise sobre a loucura? Dicionários especializados sobre determinado discurso registram os verbetes autorizados oficialmente em dada área do conhecimento.

O Vocabulário da Psicanálise, de Laplanche e Pontalis (1982), não registra o verbete 'loucura'.

O Dicionário enciclopédico de Psicanálise, de Pierre Kaufmann (1993) segue o mesmo esquema.

Roland Chemama, no Dictionnaire de la Psychanalyse (1993), idem. Mas aponta contradições em Lacan, no verbete *symptôme,* referindo-se ao significante *sinthome.*

O *Dicionário comentado do alemão de Freud*, de Luiz Hans (1996), idem.

*As palavras de Freud — Vocabulário Freudiano*, de Paulo César de Souza (2010), idem.

O *Dicionário de Psicanálise*, de Elisabeth Roudinesco e Michel Plon (1998), não registra o verbete 'James Joyce', embora o comente em outros verbetes, mas é o único a incluir o de 'loucura', sem explicar bem o significado, e afirmando que a psicanálise aborda a loucura pela escuta transferencial da fala, do desejo, portanto, da neurose. E situa a loucura mais do lado da psiquiatria.

A pergunta decorrente deste levantamento nos Dicionários de Psicanálise é se o conceito de loucura faz parte do arsenal teórico da psicanálise.

## Os teóricos da Psicanálise

No *Seminário 23*, Lacan fez a lacônica e irrespondida pergunta[50]: *Joyce era louco?*

A meu ver, a maioria dos analistas e grandes teóricos da psicanálise se enganaram quando se precipitaram em concluir, com suposta base em Lacan, que loucura e psicose fossem, de novo, sinônimas e, portanto, que Joyce era psicótico. Vejamos alguns exemplos:

» Christian Dunker[51], em *Por que Lacan?* descreve o desencadeamento da psicose *pela emergência de uma espécie de crença sem saber, [...] pequenos acontecimentos que possuem a dimensão de uma revelação, ou de uma epifania (Joyce).*

---

[50] Lacan, Jaques. *Seminário 23, o sinthoma*. Sérgio Laia (trad.): Rio de Janeiro, Jorge Zahar editor, 2007, p. 75.
[51] Dunker, Christian Ingo Lenz. *Por que Lacan?* São Paulo, Zagodoni Editora Ltda. 2016. P. 124.

» Oscar Cesarotto[52], em *Jacques Lacan, uma biografia intelectual*, afirma que *o psicótico é o louco que, à diferença dos outros loucos, não se defende do real pelo simbólico.*

» Antônio Quinet[53], em *Teoria e Clínica da psicose*, no capítulo XVIII, dedicado a Artur Bispo do Rosário, referindo-se à criação artística, diz que *quando no registro do Nome-do-Pai, ou seja, quando referida à arte cultural, pode ser articulada ao conceito de sublimação. [...] Quando a criação se situa fora do âmbito do Nome-do-Pai, ou seja, na estrutura clínica da psicose, temos o conceito de sintoma, inventado por Lacan para se referir à arte de James Joyce [...] impedindo assim que o autor de Finnegans Wake submergisse na loucura.*

» Stella Jimenez[54], em *No cinema com Lacan*, esclarece que *A palavra sinthoma aparece na obra de Lacan relacionada às psicoses, quando ele toma James Joyce como seu exemplo princeps. [...] Um psicótico também pode ter um quarto nó, mas de outra maneira, já que a amarração não seria borromeana. Joyce, por exemplo.*

» Donaldo Schüler[55], exímio tradutor do *Finnegans*, com o título de *Finnicius Revém*, utiliza a pergunta de Lacan como título para seu livro *Joyce era louco?* E explica o que entende por loucura: *Joyce ensaia dezoito maneiras de narrar. Insatisfeito, investe, em Finnegans Wake, contra a ordem simbólica inteira, abala a sintaxe, desmonta a fronteira de palavras, implode a língua inglesa. A prosa volta às forjas de quem sabe fazer.* Schüler não identifica loucura com psicose.

---

[52] Cesarotto, Oscar e Leite, Márcio Peter de Souza. *Jacques Lacan, uma biografia intelectual:* São Paulo, Iluminuras, 2010. P. 154.
[53] Quinet, Antônio. *Teoria e Clínica da Psicose*: Rio de Janeiro, Editora Forense Universitária, 1997. P.221.
[54] Jimenez, Stella. *No cinema com Lacan:* Rio de Janeiro, Ponteio, 2014, p. 219.
[55] Schüler, Donaldo. Opus cit. 2017. P. 207.

» Philippe Julien[56], em *Psicose, perversão neurose,* justamente no capítulo sobre a psicose, escolhe o personagem James Joyce para afirmar: *A psicose, com efeito, é definida pelo nó borromeano, nodulado por esse sin-thoma quarto elemento que é o Nome-do-pai, como Pai-do-Nome.*

» Elisabeth Roudinesco[57] insinua que Lacan sugeria que Joyce era louco e que loucura era sinônimo de psicose: *Ao acrescentar esse quarto elo, chamado sinthome, ao nó a três, ao mesmo tempo Lacan também brincava de introduzir sua doutrina e seu romance familiar na obra joyciana. [...] Deduzia disso que o pai do escritor era louco, que o nome-do-pai estava forcluído do discurso joyciano.*

Não interessa que o pai de Joyce seja louco ou psicótico, porque isto não implica que o filho receba necessariamente o mesmo diagnóstico por herança genética.

---

[56] Julien, Philippe. *Psicose, perversão, neurose.* Procópio Abreu (trad.): Rio de Janeiro. Companhia de Freud, 2002. P. 82.

[57] Roudinesco, Elisabeth. *Jacques Lacan, Esboço de uma vida, história de um sistema de pensamento.* Paulo Neves (trad.): Rio de Janeiro, Companhia das Letras, 1994, p. 373.

CAPÍTULO IV

# Figuras de linguagem

Conhecer e identificar as diferenças entre as várias figuras de linguagem é fundamental para também classificar as estruturas clínicas. Assim, por exemplo:

## Na estrutura da neurose

Pelo fato de o sujeito ter-se submetido às leis da castração, temos expressões de linguagem, no registro do Simbólico, embora marcadas pelo mal-entendido, resultado da polissemia dos significantes, como nos exemplos:

a. Jogos de palavras:

Formando uma sequência fônica típica, que não aparece nas traduções, mas que é mais importante do que algum conteúdo de realidade que ela queira transmitir:

*Le riz tentant tenta le rat; le rat tenté tata le riz tentant*/O arroz tentador tentou o rato; o rato tentado comeu o arroz tentador.

*Trou s'y fit, rat s'y mit*/No que surge um buraco, o rato entra nele.

*Ni trou, ni tache*/Nem rasgão, nem sujeira (na roupa).

*Jamais on n'a vu, Jamais on ne verra, Un nid de souris, Dans l'oreille d'un chat.*/Nunca se viu, nunca se verá, um ninho de rato, na orelha de um gato;

*Atirei o pau no gatô-tô...*: A repetição da última sílaba tônica nas frases faz a diversão da criançada, independentemente de qualquer alusão malvada.

*O rato roeu a roupa da rainha de Roma.* Pouco importa o conteúdo da frase. Mas, começar as palavras com a mesma letra também é um chamativo.

*Sol com chuva, casamento de viúva.* Qualquer destas palavras pode provocar associações sintomáticas, independente de alguma realidade que ela queira enunciar.

*O doce perguntou pro doce qual doce que era mais doce; o doce respondeu pro doce que o doce que é mais doce é o doce de batata doce.*

b. Jogos de frases:

Estes mostram uma reorganização diferente dos elementos de uma oração em outra, de modo que o sentido da segunda oração contrasta com o da primeira:

*Há muitos livros no mundo, e grandes mundos nos livros.*

*Eu me rio nos banhos, e me banho nos rios.*

c. Pontuações ou escansões:

*O fazendeiro tinha um bezerro e a mãe do fazendeiro era também o pai do bezerro;*

O fazendeiro tinha um bezerro e a mãe. Do fazendeiro era também o pai do bezerro.

*Se o homem soubesse o que tem, a mulher cairia de quatro.*

Se o homem soubesse o que tem a mulher, cairia de quatro.

d. Homofonia:

Freud[58] usou como recurso clínico, na casuística do Homem dos Ratos, a associação das palavras homofônicas, em alemão, *Raten*/rateio, e *Ratten*/ratos, para solucionar o historial de uma fobia, organizada em torno destes dois significantes.

Lacan também utilizou a homofonia e homografia em palavras ou expressões prenhes de um novo significado, como *Père-version,*

---

[58] Feud, Sigmund. *Obras Completas, Notas sobre um caso de neurose obsessiva.* Jayme Salomão (trad.): Rio de Janeiro, Imago Editora, 1972, p. 215.

*perversion*/Versão do pai, perversão; *Le nom-du-père, le non-du-père, les non-dupes errent*/O nome-do-pai, o não-do-pai, os não-tolos erram, resumo de toda uma teoria do Complexo de Édipo, da castração e das estruturas clínicas.

e. Com o uso do calembur:

No meu modo de pensar, o calembur são palavras ou frases, cuja correspondência de sentido com a outra provém mais da fonia do que da grafia. Não é possível perceber isto nas traduções. Temos que lidar com os textos originais. Mesmo assim, vejamos alguns exemplos traduzidos do livro *Finnegans Wake*[59]:

> — *O acasalamento cigano de um coveiro de grande estilo com o pãozinho de segunda doçura (uma interpolação: essas devorações não ocorrem só na família manducária dos Pão-com-manteiga dos MSS., Bb — Cod IV, Pap II, Lun III, Dinn XVII, Sup XXX, Fólio MDCXC: o escoliasta famintamente desatendeu o dobrar dos sinosdo morto como se se tratasse de bolinho mofino.*
>
> — *Oh, quão fuusco que era! De Vale Maria a Grasyaplaina, dormemuito echo! Ah, Ser Eno! Ah, Zulivre! Era tão fuusco que as lágrimas da noite começaram a fluir, primeiro por umas e duas, então por três e quatros, enfim por cincos e seis de setes, pois as cansadas acordavam como agora choramos com elas. O! O! O! Par la pluie!*
>
> — *O baú de chapéus que compunha a Romba, princesa Trebizonda, (Marga nosseus excelsis), compreendia um climaxtograma, imagine-seescalado prazerosamente por B e C, com sugestões de moda primaveril para cavalheiros, modas que nos reconduzem à formação de camadas sobrepostas do eoceno e do pleitoceno e as mudanças morfológicas ao nosso corpo político que o Professor Ebahi-Ahuri de Philadespoinis (III) — sobre o livro azul do qual acabo de desferir um golpe de graxa — sagazmente chama boîte à surprises.*

---

[59] Schüler, Donaldo. Opus cit. 2012. Ps. 47,145, 159.

f.  Com a homofonia translinguística:

Outra forma típica de calembur joyciano é citada por Lacan, onde ele destaca uma figura de linguagem inédita chamada de *homofonia translinguística,* que consiste em escrever algo numa língua, imitando ou aludindo à fonia mais do que à grafia de outra língua[60].

Se compararmos três traduções do mesmo original, veremos como são diferentes. Para tanto, destaco, como ótimo exemplo, a frase já citada acima:

*From Vallee Maraia to Grasyaplaina, dormimust echo!*[61]

Tradução de Donaldo Schüler:
*De Vale Maria a Grasyaplaina, dormemuito echo!* (idem, p. 145);

Tradução de Dirce Waltrick do Amarante, em *Finnegans Rivolta,* p.186:
*De Vale Maria a Gratiaplena, dorme roncando muito!.*

Eu traduziria por:
*Ave, Maria, gratia plena, Dominus tecum (Ave, Maria, cheia de graça, o Senhor é contigo).*

Esta é a única frase que tentei e acho que consegui traduzir no Finnegans. Modéstia à parte, considero boa esta tradução. Minha justificativa de como decompor este calembur é a seguinte:

*Ave*: saudação, em latim, sinônimo de Valle;
*Maraia*: o som da palavra latina Maria, se tiver esta forma num texto inglês;
*Grasyaplaina*: composto de graça (em algumas línguas), e *plaina*: que pode ser o português;

---

[60] Lacan, Jacques. Opus cit. 2007, p. 162
[61] Schüler, Donaldo. Opus cit. 2012. P. 145.

*Dormimust*: dormi pode ser o português; must pode ser o verbo auxiliar inglês;

*Echo*: pode ser do inglês ou do latim.

Enfim, o que caracteriza o calembur é o fato de ser formado por fonias de sílabas em línguas diferentes, que se juntam formando palavras que não obedecem à grafia original, mas cuja fonia é expressa graficamente em outra língua. Só depois de se identificar a língua original de cada sílaba é que se pode pensar no significado da palavra e da frase. Trabalho árduo, ou impossível, para quem não conhece as muitas línguas que Joyce utilizava.

Um outro exemplo joyciano citado por Lacan[62]:

*Who ails tongue coddeau, aspace of dumbillsilly?*

A transliteração sonora francesa seria: *Où est ton cadeau, espèce d'imbécile?* Esta tradução só funciona na língua francesa.

Em português seria: Onde está teu presente, seu imbecil?

Para entender este último exemplo, é preciso levar em conta que, no inglês gaélico usado por Joyce, a palavra *who* (quem), dependendo de sua função no contexto, pronuncia-se *(u)*, razão pela qual, sua fonia em francês transformou-se em *Où (onde)*. Esta é a dificuldade de tradução do calembour, porque o tradutor precisa conhecer todas as muitas línguas que Joyce utilizava.

Catherine Millot[63] alega que Lacan se utilizou da homofonia translinguística no título do *Seminário 24*: *L'insu que sait de l'une-bévu s'aile à mourre*. Tradução proposta: O malsabido de um fora se joga no amor. Ou: O não-sabido que sabe do engano é o amor. Sugerimos outra tradução, usando esta frase de Lacan: *O inconsciente se acha na margem estritamente oposta à de que se trata no amor.*

É interessante como Lacan utilizava um recurso semelhante a este, como interpretação clínica, como é relatado no documentário *Rendez-vous chez Lacan (Um encontro com Lacan),* no momento em

---

[62] Lacan, Jacques. Opus cit. 2007. P. 162.
[63] Millot, Catherine. *A vida com Lacan*. André Telles (trad.): Rio de Janeiro, Zahar, 2017. P.104.

que a paciente alemã relembra a época de perseguição pela 'Gestapo', e Lacan escuta como 'geste à peau', e faz-lhe um carinho no rosto.

g.  Ato falho ou lapsus:

Freud interpretou, no caso do Homem dos Lobos, o quase neologismo *Espe*, ato falho de *Wespe* (vespa, abelha), enunciada num sonho, e que recebeu do paciente a associação de *S.P.* (mesma pronúncia de Espe), que eram as iniciais de Serguei Pankejeff[64]. Bela ilustração de como um significante representa, produz ou induz o sujeito para outro significante que engendra a subjetivação e significação.

Numa antiga campanha política pelo interior de São Paulo, o candidato Ulisses Guimarães mandou recado aos eleitores que o esperavam, noutra cidade, para um comício: "Meu avião não conseguiu levantar votos": uma tempestade impedira a decolagem.

Relato de paciente que, aos 4 anos de idade, perguntou pela própria origem, e 'escutou' a resposta: "você nasceu da conjunção dos dois séculos opostos". A resposta, apesar da escuta falha do pequeno, desfez toda a sua angústia sobre a origem da vida.

h.  Trocadilhos:

Nos trocadilhos, é comum a mesma palavra ou a frase inteira ser usada de maneira equívoca, com duplo significado, como nos exemplos:

*Jogar o lixo no lixo*. Substituição metonímica do conteúdo pelo continente.

Na filosofia aristotélica, o sofisma segue esse modelo, diferenciando-se do verdadeiro raciocínio silogístico, como no exemplo: "Todo cão ladra; ora, a Constelação é Cão; logo, a Constelação ladra". A palavra 'Cão', por ser aqui metafórica, não é unívoca neste raciocínio, como exigem as leis do silogismo.

---

[64] Freud, Sigmund. *Obras Completas, História de uma neurose infantil*. Vol. XVII, Jayme Salomão (trad.): Rio de Janeiro, Imago Editora, 1976. p.119.

*La corneille sur la racine boit l'eau à la fontaine*/A gralha, sobre a raiz, bebe água na fonte.

*La Corneille sur la Racine Boileau à La Fontaine: La Corneille*, sobre *Racine, Boileau* em *La Fontaine*.

Nenhum dos significantes desta última frase recebe seu significado retroativamente. Eles têm a mesma sonoridade da penúltima frase, mas são significantes puros (nomes próprios), desencadeados. Todos são S1, significantes mestres, sem S2, cadeia significante. O uso das letras maiúsculas alterou esta sequência, que nem constitui uma frase, já que não tem sujeito, verbo, predicado. São citados quatro poetas e dramaturgos do Classicismo francês, da primeira metade do séc. XVI, mas não define nem aquele famoso grupo de poetas, porque não consta aí o principal deles, que é Molière, e que não se encaixaria na concordância fonética.

i. O chiste:

Também chamado de dito espirituoso é uma frase não premeditada nem ofensiva, mas inteligente que, em geral, surpreende o próprio autor, provocando um leve sorriso.

Freud[65] relata o sonho de uma paciente, no qual aparecia o significante 'canal'. Isto a levou a se lembrar do *witz*, tirado de uma conversa entre dois homens que viajavam de vapor, de Dover, na Inglaterra, para Calais, na França, atravessando o Canal da Mancha: *"Du sublime au ridicule il n'y a qu'un pas"*/Do sublime ao ridículo há só um passo. Sim, respondeu o outro: *"Le pas de Calais"*/O passo da Mancha. O diálogo revela a velha rivalidade entre franceses e ingleses: a França é *sublime* e a Inglaterra é *ridícula,* apesar de estarem tão perto uma da outra.

O dito espirituoso embute uma informação que não aparece expressamente nas palavras da frase.

---

[65] Freud, Sigmund. *Obras Completas. A interpretação de sonhos.* Vol. V. Jayme Salomão (trad.): Rio de Janeiro, Imago Editora, 1972, p. 552.

j.  Palavra-valise:

Criada por Lewis Carroll, como palavra composta, foi explorada à saciedade, por James Joyce, como, por exemplo, *chaosmos* (caos e cosmo).

k.  Anagrama:

Supõe a inversão das letras, como *Roma, amor; gorda, droga.*

l.  Palavra-cabide:

Expressão criada por Dirce Waltrick do Amarante, é uma junção de duas ou mais palavras, como *"má conha", "Luz ia".*

m. Soundsenses:

Palavras formadas por grande quantidade de letras que, lidas em voz alta, podem simular o barulho de um trovão. Ou como no verso de Fernando Pessoa[66]: "Eh-laô-lahô-laHÔ-O-O-ôô-lahá-á-á-àáà!... AH-Ó-Ó Ó Ó Ó-Ó Ó Ó Ó Ó - yyy!... SCHOONER AHÓ-Ó-Ó-Ó-Ó-Ó-Ó-Ó-Ó-Ó-yyyy!" Em alguns poemas, descrevendo os marinheiros em alto mar, esses são gritos à procura de outras embarcações.

Também James Joyce utilizou muito esta figura de linguagem.

n.  Onomatopeias:

Palavras que representam um som natural, como *bem-te-vi.*

## Na estrutura da perversão

Há aí uma inversão do simbólico para o imaginário, quando o sujeito finge um entorno simbólico legal, mas sua má intenção imaginária desmente o objetivo do discurso. Assim, o produto que ele entrega não é o produto oferecido ou solicitado. Freud chamou nisto de desmentido.

---

[66] Pessoa, Fernando. *O eu profundo e os outros eus:* Rio de Janeiro, Editora Nova Fronteira, 1980. P.223.

a. É o que acontece na pedofilia, pelo tipo de sedução ou molestamento sobre uma criança ainda incapaz de julgar as verdadeiras intenções do adulto, ou no caso de estupro ou violência contra um adulto não consenciente.
Qualquer outra atividade sexual que conte com o consentimento dos parceiros é aceita sem restrição.

b. É também o caso de uma mentira travestida de verdade, como no exemplo citado por Freud[67]: "*Dois judeus encontram-se num vagão de trem em uma estação na Galícia. 'Onde vai?', perguntou um. 'À Cracóvia', foi a resposta. 'Como você é mentiroso!', não se conteve o outro. 'Se você dissesse que ia à Cracóvia, você queria fazer-me acreditar que estava indo a Lemberg. Mas sei que, de fato, você vai à Cracóvia. Portanto, por que você está mentindo para mim?'*"

c. No grande exemplo do sistema capitalista perverso, promete-se aos cidadãos a possibilidade de se tornarem ricos. Mas não lhes é dito que, para haver ricos, muitos têm que se tornar pobres contribuintes, do mesmo modo que na dialética hegeliana são requeridos muitos escravos para sustentar cada Senhor. É uma propaganda enganosa, em cuja etimologia está o gerúndio do verbo 'pagar' (pagando).

## Na estrutura da psicose

Em função da forclusão do significante do Nome-do-pai, surge uma lacuna na cadeia significante, que compromete o significado no discurso, criando o delírio, o *nonsense* e os neologismos.

a. Pode ser em forma de delírio e de *nonsense*:

---

[67] Freud, Sigmund. *Obras Completas, Os chistes e sua relação com o inconsciente*. Vol. VIII. Jayme Salomão (trad.): Rio de Janeiro, Imago Editora. 1977, p.136.

É o que vemos na autobiografia de Schreber[68],

onde ele afirma: *"Deveria ocorrer uma verdadeira emasculação (transformação em uma mulher); particularmente durante o tempo em que eu acreditei que o resto da humanidade tinha perecido, a solução me parecia um requisito indispensável para preparar uma renovação da humanidade".*

Do ponto de vista lógico, este raciocínio pode estar correto pela lógica formal, mas é incorreto pela lógica material, já que se baseia em uma premissa falsa, segundo a qual todas as pessoas já teriam morrido, exceto Schreber.

b. Os neologismos:

Desde que o psicótico rejeitou a castração, não aceitando submeter-se à lei da linguagem, ele não domina as leis da gramática. Assim, ao falar, ele não dispõe do vocabulário oficializado, necessitando de inventar palavras novas, que não constam nos dicionários.

Por exemplo, no documentário brasileiro chamado *Estamira,* a protagonista utiliza, várias vezes, a palavra 'trocadilo', não registrada nos dicionários, e com significados diferentes para ela, que não têm nada a ver com a palavra registrada como 'trocadilho'.

O conceito de forclusão ou *Verwerfung* foi quase uma unanimidade entre Freud e o primeiro Lacan, do Simbólico. Para Lacan era necessário, e para Freud era contingente.

---

[68] Schreber, Daniel Paul. *Memórias de um doente dos nervos.* Marilene Carone (trad.): São Paulo, Editora Paz e Terra, 1995, p. 222.

# CAPÍTULO V

# O conceito de "calembur"

"Calembur" é um conceito rarissimamente abordado na literatura psicanalítica. Freud deve ter falado dele uma única vez, de passagem, da seguinte maneira[69]:

> *Na verdade, não consideramos ainda um grande grupo de chistes — possivelmente o mais numeroso — geralmente influenciados, talvez, pelo desprezo com que são considerados. Constituem uma espécie geralmente conhecida como 'Kalauer' (calembourgs), [trocadilhos], que passa por ser a forma mais baixa de chiste verbal, possivelmente por ser a "mais barata" — isto é, elaborada com a menor dificuldade.*

Em nota do rodapé nº 1 desta página, o editor acrescenta: *A palavra alemã kalauer é aqui traduzida por 'pun' (trocadilho), embora Freud use esta palavra em sentido muito mais amplo do que o inglês o tolera.*

Com o nome de chistes, ele abordava outras formas de linguagem, como jogo de palavras, trocadilho, não-senso, calembures, risos, humor, anedotas etc., sem definir claramente as características de cada uma.

O mesmo fazia Lacan[70]. Mas, a primeira vez que me deparei com o conceito de *calembour* foi no original francês de *Le Séminaire, livre I.* Fiquei surpreso porque nunca tinha visto essa palavra, apesar de dominar a língua francesa. Portanto, não entendi o que significava e fiquei curioso, procurando nos dicionários que nada esclareciam.

Passados quatro anos, sai a tradução do *Seminário 1,* e fui correndo para ver como foi traduzido e, com surpresa, verifiquei que a tradução

---

[69] *Obras completas. Os chistes e sua reação com o Inconsciente.* Vol. VIII. Jayme Salomão (trad.):Rio de Janeiro, Imago Editora, 1977. P. 61.

[70] Lacan, Jacques. *Le Séminaire, livre 1, Les écrits techniques de Freud.* Paris, Éditions du Seuil, 1975, p. 258.

foi correta e literal, isto é, calembur. Esta palavra é registrada no Dicionário Houaiss da língua portuguesa, com o significado de: *jogo de palavras semelhantes no som, mas de significado diferente, que dá lugar a dubiedades e equívocos, e muitas vezes é usado com finalidades jocosas, sinônimo de trocadilhos.*

Não concordei com esta sinonímia, porque achei que Freud também considerava todos os jogos de palavras como sinônimos, agrupando todos no conceito geral de chistes, como no texto *"Os chistes e sua relação com o inconsciente"*.

Mas quando Lacan[71] usou essa palavra, no *Seminário, livro 1*, referiu-se à homofonia linguística, dentro de uma mesma língua, por exemplo, na língua alemã, entre *Wort*, a palavra e *Ort*, o lugar. Isto confirmou minha cisma de que cada jogo de palavras deve ter um significado próprio.

Quando Lacan teorizou sobre as psicoses[72], o significante calembour aparece também no *Séminaire, livre III*, que foi, a meu ver, equivocadamente traduzido ao português, no *Seminário, livro 3*, por "trocadilho". Defendo que essa tradução foi inadequada. O certo era calembur mesmo.

E no terreno das neuroses, no *Séminaire, livre VI*, só lançado na França em 2013, Lacan[73] usa a expressão *"jeu de mots"*, muito bem traduzida no *Seminário, livro 6*[74] por "jogo de palavras", ao afirmar que *'Se as pessoas nos procuram é, em geral, porque as coisas andam mal na hora de pagar a conta à vista'*, mas, assim, *'o sujeito estaria mais frequentemente contente'*. O jogo de palavras é entre "contante", *(comptant)*, e "contente", *(content)*, num processo em que o sujeito se conta.

Começa a ficar claro o que venho procurando, que Lacan usa estruturas diferentes de linguagem, quando se trata de estrutura clínica

[71] Lacan, Jacques. Opus cit. 1979. P. 265.
[72] Lacan, Jacques, *Le séminaire, livre 3, Les psychoses.* Paris, Éditions du Seuil, 1981.p. 135.
[73] Lacan, Jacques. *Le Séminaire, livre 6, Le désir et son interprétation,* Paris, Éditions de La Martinière, 2013, p. 484.
[74] Lacan, Jacques. *O Seminário, livro 6, O desejo e sua interpretação.* Cláudia Berliner (trad.): Rio de Janeiro, Zahar Editor, 2016, p. 439.

diferente: na psicose, com forclusão do Nome-do-Pai; na neurose, com jogos de palavras; na perversão, com o desmentido (inversão do simbólico pelo imaginário).

Então, o que é um calembur?

— Segundo o *Dictionnaire Petit Robert*[75], é um *jeu de mots*, um jogo de palavras com a mesma característica descrita acima. É uma definição pobre.

-Segundo Picoche[76], pode ser um gracejo, uma bobagem, um erro tipográfico, um aturdimento ou atordoamento. Nada a ver com nosso propósito aqui.

Os jogos de palavras, em geral, trocadilhos, chistes e calembures, utilizam a homofonia, a homografia, e a repetição de letras e sons. Essas formas de linguagem são sempre tomadas, equivocadamente, como sinônimas, inclusive pelo dicionarista Petit Robert, citado acima.

Por que insisto em dizer que cada estrutura clínica tem uma estrutura de linguagem própria e que, portanto, é preciso definir as diferenças entre as figuras de linguagem?

Na fase inicial de seu ensino marcado pelo Simbólico, falando sobre as psicoses, Lacan afirma[77]:

> *O inconsciente é, no fundo dele, estruturado, tramado, encadeado, tecido de linguagem. E não somente o significante desempenha ali um papel tão grande quanto o significado, mas ele desempenha ali o papel fundamental. [...] Se o inconsciente é tal como Freud nos descreveu, um trocadilho (calembour, no original) pode ser em si mesmo a cavilha que sustenta um sintoma, trocadilho (calembour, no original) que não existe numa língua vizinha. Isso não quer dizer que o sintoma está sempre fundado num trocadilho (calembour, no original), mas ele está sempre fundado na existência do significante enquanto tal, numa relação complexa [...] de universo do significante a universo do significante".*

[75] *Dictionnaire Alphabétique & analogique de la langue Française.* Petit Robert. Paris, Société du nouveau Littré. 1976, p.215.

[76] *Dictionnaire Etymologique du français.* Paris, Les usuels du Robert. 1979. P. 77.

[77] Lacan, Jacques. Opus cit. 1985. P. 139.

Mas a tese de Freud é diferente da proposta de Lacan, porque no livro sobre os Chistes em geral, incluído aí o calembur, Freud defende que todo chiste é a cavilha de um sintoma, isto é, tem uma relação com o inconsciente, inclusive o calembur também. E dizer, como Lacan, que ele 'pode' ter relação com o inconsciente, é ambíguo.

Portanto, a simples existência de um significante enunciado 'enquanto tal', no Real, pode fundar um sintoma (ou não), desde que, na relação com outro significante, represente (ou não) um sujeito na enunciação do Simbólico. No delírio, por exemplo, o significante não representa o sujeito, porque o suposto recalcado não retorna aí simbolicamente, mas no real.

Ao contrário do que afirmava Saussure, Lacan defende que um significante isolado não tem sentido em si mesmo, e que, portanto, ele não representa nem produz necessariamente o significado, mas pode representar o sujeito para um segundo significante, eliminando o isolamento do primeiro. Concluímos, então, que o sentido de um significante emerge sempre de um nonsense. Resta saber de que maneira o significado se introduz entre dois significantes marcados, cada um isoladamente, pelo não-senso.

Para começar, o sujeito em pauta não é o sujeito da gramática, da realidade externa, mas, já desde Freud, é o sujeito da "*realidade psíquica*", que atribui sempre outra significação ao seu dito, escolhida e determinada subjetiva e inconscientemente.

Neste particular, Saussure[78] também defende que o signo linguístico é uma entidade psíquica. Então, o significado só surge na relação entre os significantes, mediada pela subjetividade do falante, mas sem a relação biunívoca saussureana, em que significante e significado formassem uma só unidade autônoma e fechada. Para Lacan, a barra recalca e separa o significante e o significado, deixando este último à escolha do sujeito falante.

---

[78] Saussure, Ferdinand de. *Curso de Linguística Geral*. Antônio Chelini, José Paulo Paes e Izidoro Blikstein (trads.): São Paulo, Editora Cultrx, 1995. P.80.

Por isso, insisto em que seria mais interessante que a tradução do *Seminário 3*, ao português, tivesse mantido o mesmo significante (calembur), como aconteceu no *Seminário 1*, o que tornaria a leitura mais instigante. Sustento que o calembur não é um mero sinônimo de jogo de palavras ou um simples trocadilho, do mesmo modo que o chiste ou 'dito espirituoso' não é o mesmo que uma piada.

Quando o *Ulisses*, de Joyce, foi traduzido para o castelhano e publicado em Buenos Aires, em 1952, o tradutor J. Salas Subirat[79] destacou, na apresentação do livro, vários usos de calembur como, por exemplo, a resposta à pergunta: *"Qual ópera se parece com uma linha de trem de ferro?"* Resposta: *"Rose of Castille (Rows of cast steel")*.

Entre os conceituados estudiosos de J. Joyce, destaca-se a escritora Dirce Waltrick do Amarante[80], que comenta as reações dos amigos de Joyce quando surgiram as primeiras publicações do *Finnegans Wake*: *quando perceberam que era quase todo escrito em calembours, ficaram perplexos, depois irritados, e finalmente indignados, tristes ou irônicos.*

Em outra publicação sua, Amarante[81] refere-se ao título da obra--prima joyciana como sendo *uma brincadeira nonsense, ao estilo do escritor inglês Lewis Carroll.* Isso é, um calembur, (como foi a definição de calembur do Dicionário Etimológico de Picoche, citado acima).

O título deste último livro de Joyce é baseado num folclore irlandês que conta a história de *Finnegan*, um pedreiro que pintava paredes e trocava telhas, sempre regado de uísque da melhor procedência. Belo dia, ele cai da escada e morre. Seus muitos amigos estavam no velório, bêbados. Um deles deixou escorrer o precioso líquido no rosto do defunto, que acordou, ressuscitou.

Enquanto o *Ullisses* de Joyce descreve as atividades diurnas da humanidade, no período de um dia, fáceis de entender, o *Finnegans* relata os sonhos da humanidade em uma noite. O conteúdo manifesto de qualquer sonho é sempre um nonsense, quanto mais na pena de um Joyce. E na pena de Freud, é sempre uma alucinação, o que torna

[79] Joyce, James. Opus cit. 1952. P. 8.
[80] Amarante, Dirce Waltrick de. Opus cit. 2009. P. 25.
[81] Amarante, Dirce Waltrick do. Opus cit. 2015. P. 21.

ainda mais difícil a compreensão dos sonhos relatados no texto de Joyce.

Para Freud, as ideias em um sonho são deformadas em imagens visuais na maioria, mas correspondentes a alguma experiência anterior pessoal do sonhador. O leitor de *Finnegans,* ou qualquer outra pessoa, não tem como acessar essas lembranças inconscientes exclusivas dos sonhadores que aparecem no livro.

A análise do sonho só é possível no divã do analista porque o sonhador está lá, e o analista vai ajudá-lo a descobrir a chave do sonho, para acessar o conteúdo inconsciente. Nem o analista conhece este conteúdo, porque o sonho é do sonhador.

Proponho considerar o título *Finnegans Wake* como um calembur, composto do latim *Finis negans* (negando a morte), ou do latim e inglês *Finis again, wake* (morte e ressurreição), já que wake significa acordar e, também, velório.

Levando em conta que esta dupla *Ulisses e Finnegans* contam a história da humanidade desde sempre, não é de estranhar que as experiências filosóficas, políticas, religiosas etc. estejam presentes. Logo, neste calembur, título do livro *Finnegans Wake*, podemos ver referência às crenças religiosas da humanidade, sobre a vida (wake), a morte (finne) e a ressurreição (negans-finne) e uma vida futura.

Vinte e dois anos depois do *Seminário 1*, no *Seminário 23*, o conceito de calembur vai ser finalmente definido, agora como homofonia translinguística[82], um achado genial de Lacan, enquadrando, como uma luva, em James Joyce, curiosidade que alimentei ansioso por mais de duas décadas.

Aonde estamos chegando? Na necessidade de definir quais estruturas de linguagem definem cada estrutura clínica, coisa que nem Freud nem Lacan fizeram, mas Lacan abriu algumas pistas. Em outras palavras, como reconhecer a estrutura clínica, com base na cadeia das figuras do discurso, na cura pela palavra?

---

[82] Lacan, Jacques. Opus cit. 2007, p. 162.

CAPÍTULO VI

# Estruturas clínicas em Freud e Lacan

No *Seminário 6*, sobre *O desejo e sua interpretação*, Lacan[83] forja esta bela frase: *É no simbólico que o real é afirmado ou rejeitado ou negado.*

Então, afirmar ou negar a castração caracterizam respectivamente, as estruturas da neurose e da perversão. Rejeitar a castração é o próprio da psicose. No neurótico há sempre um misto de dúvida, culpa e mal-entendidos; no perverso, a má intenção e o desmentido; no psicótico, a certeza, os neologismos e os fenômenos alucinatórios.

Já o *Seminário 3* é dedicado à psicose, belíssimo trabalho, todo coerente com o retorno a Freud, fácil de entender, onde Lacan desenha o esquema Lambda, mostrando a trajetória do neurótico, perverso e psicótico, ao construírem ou escolherem as respectivas estruturas clínicas.

Em Freud, o termo psicose designa a reconstrução inconsciente, por parte do sujeito, de uma realidade delirante ou alucinatória. Trata-se de um processo mórbido que se desenvolve no lugar de uma simbolização não realizada. Freud rejeitou a organogênese da psiquiatria, e se propôs a esclarecer os mecanismos psíquicos que levam à psicose.

A partir de sua teoria da libido, Freud demonstrou o fundamento sexual de toda psicose, que leva à produção de diferentes tipos de delírio. As psicoses englobam as três grandes formas modernas da antiga loucura: esquizofrenia, paranoia e psicose maníaco-depressiva.

[83] Lacan, Jacques. Opus cit. 2016. P. 437.

A ESQUIZOFRENIA: o termo foi cunhado, em 1911, por Eugen Bleuler (1857-1939), a partir da raiz grega *schizein* (fender, clivar) e *phrenós* (pensamento), para designar uma forma de loucura, também chamada de demência precoce, cujos sintomas fundamentais são a incoerência do pensamento, da afetividade e da ação, o ensimesmamento e uma atividade delirante.

Nos anos de 1955 a 1975, surgiu o movimento chamado de Antipsiquiatria, liderado por Ronald Laing e David Cooper na Grã-Bretanha, Franco Basaglia, na Itália, e Thomas Szasz nos Estados Unidos. Rejeitando, como a psicanálise, a abordagem exclusivamente organicista da psiquiatria clássica, a Antipsiquiatria propôs a extinção dos manicômios e a eliminação da própria ideia de doença mental. Apesar do impacto causado no mundo inteiro, o movimento teve vida efêmera, inclusive por pressão da indústria farmacêutica.

A PARANOIA é uma palavra derivada do grego *para* (ao lado) e *nóos* (inteligência) e indica um entendimento equivocado, caracterizado por um delírio sistematizado, pela predominância da interpretação e pela inexistência de deterioração intelectual. Incluem-se nela o delírio de perseguição, a erotomania, e os delírios de grandeza e de ciúme. Na psiquiatria de hoje, surgiu a nova nomenclatura de 'transtorno delirante'.

A PSICOSE MANÍACO-DEPRESSIVA recebeu este nome no início do século XX, sendo caracterizada por perturbações de humor, assumindo a forma de uma alternância entre estados de agitação maníaca (ou exaltação) e estados melancólicos (tristeza e depressão). A psiquiatria atual batizou-a de 'transtorno bipolar'.

Desde a Antiguidade, mania e melancolia constituíam duas formas de 'loucura'. Foi o médico inglês Thomas Willis (1621-1675) quem as ligou em uma mesma doença cíclica. Tanto na psiquiatria quanto na psicanálise, este tipo de psicose deriva da história geral da melancolia.

Freud insiste em relacionar a neurose e a psicose com a perda da realidade. Em seu texto de 1924, *Neurose e Psicose*, descreve a diferença entre as duas[84]: *a neurose é o resultado de um conflito entre o ego e o id, ao passo que a psicose é o desfecho análogo de um distúrbio semelhante nas relações entre o ego e o mundo externo.*

Em outro texto do mesmo ano, *A perda da realidade na neurose e na psicose*, afirma[85]:

> *Recentemente, indiquei, como uma das características que diferenciam uma neurose de uma psicose, o fato de, em uma neurose, o ego, em sua dependência da realidade, suprimir um fragmento do id (da vida instintual), ao passo que, em uma psicose, esse mesmo ego, a serviço do id, se afasta de um fragmento da realidade. Assim, para uma neurose, o fator decisivo seria a predominância da influência da realidade, enquanto que, para uma psicose, esse fator seria a predominância do id. Na psicose, a perda da realidade estaria necessariamente presente, ao passo que, na neurose, segundo pareceria, essa perda seria evitada.*

"O caso do presidente Schreber"[86], publicado com o título de *Notas psicanalíticas sobre um relato autobiográfico de um caso de paranoia*, não é propriamente um caso clínico, mas um estudo hermenêutico crítico e analítico da autobiografia intitulada *Memórias de um doente dos nervos*, escrita por Daniel Paul Schreber (1842-1911). O fato de Freud não ter analisado o personagem não desmerece o brilhantismo com que elaborou a teoria da paranoia, com base nos depoimentos deste paciente psiquiátrico.

---

[84] Freud, Sigmund. *Obras Completas, Neurose e psicose*. vol. XIX, Jayme Salomão (trad.): Rio de Janeiro, Imago Editora. 1976. P. 189.
[85] Freud, Sigmund. *Obras Completas, A perda da realidade na neurose e na psicose*. Vol. XIX, Jayme Salomão (trad.): Rio de Janeiro, Imago Editora. 1976. P. 229.
[86] Freud, Sigmund, *Notas psicanalíticas sobre um relato autobiográfico de um caso de paranoia (dementia paranoides)*. Jayme Salomão (trad.): Rio de Janeiro, Imago Editora. 1969. P.23.

Schreber nasceu de uma família ilustre da burguesia protestante alemã. Pouco envolvido nas questões religiosas, seu principal interesse era o estudo das ciências naturais, sobretudo a moderna teoria da evolução. Doutor em Direito, teve uma formação cultural sólida, incluindo conhecimentos de grego, latim, italiano, francês, história, literatura clássica, sendo, ainda, exímio pianista. Seus antepassados deixaram obras escritas sobre direito, economia, pedagogia e ciências naturais. Seu bisavô tinha como lema: *Escrevemos para a posteridade*.

Seu pai, Dr. Daniel Gottlieb Moritz Schreber, era médico ortopedista e um pedagogo mundialmente famoso. Escreveu uns vinte livros sobre ginástica, higiene e educação de crianças. Propunha a disciplina da postura ereta do corpo, em todos os momentos do dia, inclusive durante o sono, com aparelhos ortopédicos de ferro, madeira e couro, somados à repressão sexual.

Seus métodos encontraram grande aceitação. Construía instrumentos, como cadeiras especiais e camas, nos quais amarrava as crianças para aprenderem a se sentar e dormir na posição ortopédica mais perfeita que, entretanto, mais funcionavam como instrumento de tortura. Impunha uma disciplina militar às crianças, inclusive experimentando, em seus cinco filhos, tais métodos educacionais.

O pai de Schreber acreditava poder curar os defeitos da natureza, criando um novo homem, um espírito puro num corpo sadio, uma nova alma alemã, contribuindo para aperfeiçoar a obra de Deus. Morreu num acidente, atingido por uma escada que lhe caiu na cabeça, quando construía uma de suas máquinas educativas. Foi muito admirado pelo Nazismo.

Daniel Gustav, irmão de Daniel Paul, suicidou-se em 1877. A mãe deles, sobre a qual há poucas informações, era considerada pouco afetiva, deprimida e dominada pelo marido. A esposa de Daniel Paul, chamada Sabine, era quinze anos mais nova, da qual ele gostava muito. Não tiveram filhos, o que significou grande frustração para Schreber, mas ela teve seis abortos espontâneos.

Daniel Paul Schreber, único varão da família, viu-se encarregado de perpetuar a tradição e descendência da família. Jurista brilhante, foi presidente da corte de apelação da Saxônia, em 1884. Com 42 anos, apresentou-se como candidato às eleições do Parlamento, pelo Partido Conservador, sendo fragorosamente derrotado. A manchete do jornal dizia: *Quem conhece esse tal doutor Schreber?* Abalado, torna-se hipocondríaco, e começa a apresentar sinais de perturbação mental, sendo tratado pelo neurologista Paul Flechsig, tendo sido internado por seis meses, voltando, depois, às atividades normais.

Em 1893, Schreber foi promovido ao cargo de Presidente do Tribunal de Apelação de Dresden, posto muito elevado para sua idade de 51 anos. A nomeação vinha diretamente do rei, não podia ser solicitada e, muito menos, recusada, o que seria crime de lesa-majestade. Além disso, a nomeação era vitalícia. Seus novos subordinados eram mais velhos e experientes. Schreber não suporta o peso da responsabilidade, entra em crise, e é internado no mesmo ano. Durante as internações, houve três tentativas de suicídio.

Flechsig fez-lhe o diagnóstico de *dementia paranoides*, o que acarretou a perda dos direitos civis e da administração dos bens. Schreber começa a escrever suas memórias, em que afirma sentir-se perseguido por Deus, por estar vivendo sem estômago, sem vesícula, e por ter comido sua laringe. Ao mesmo tempo, recebe d'Ele a missão de criar uma nova humanidade.

Para isto, começa a sentir que seu corpo está se transformando em corpo de mulher, preparando-se para ser engravidado por Deus. E se pergunta várias vezes[87]: *Como deve ser bom ser uma mulher no coito.* Em seus delírios, sentia que alguém fazia gozação, chamando-o de *Miss Schreber.* E dizia: *Represento a mim mesmo como homem e mulher numa só pessoa, consumando o coito comigo mesmo.*

Perambulando pelos corredores do hospital, às vezes emitindo fortes urros contra Deus, cruzava com os médicos, enfermeiros e

---

[87] Schreber, Daniel Paul. *Memórias de um doente dos nervos.* Marilene Carone (trad.): São Paulo, Editora Paz e Terra, 1995. P.54.

demais pacientes, aos quais olhava com piedade, porque, para ele, não passavam de mortos-vivos, bem como o restante da população mundial. Somente Schreber era um ser vivo de verdade, em cujos ombros pesava toda a responsabilidade de repovoar a terra.

Criou muitos neologismos, construindo uma vigorosa teoria, segundo a qual sua missão era, ao mesmo tempo, teológica e científica, insistindo na certeza de suas convicções, e na crença inabalável de que, futuramente, suas teses seriam comprovadas e reconhecidas. Seus escritos são instigantes e, não por acaso, provocaram em Freud um interesse incomum. Como em todo paranoico, há uma lógica em seu delírio, só que partindo de uma premissa falsa.

Ele jamais se conformou com o diagnóstico de paranoia, embora tenha dado o título de *doente dos nervos* à sua biografia. Esta foi escrita justamente para provar que sua loucura não justificava a internação nem o embargo de seus bens. Nos autos do processo, consta que sua loucura era só parcial. O livro, censurado em vários pontos, inclusive em todo o capítulo terceiro, foi a defesa que ele mesmo apresentou no processo para recuperar os direitos civis.

Absolvido, e tendo o Estado que pagar as custas do processo, Schreber recebe alta em 1900, mas continua internado por livre vontade, por dois anos, preparando-se para retornar à sociedade. Recupera a tutela de seus bens e publica o livro. A seguir, volta para sua esposa, adota uma menina órfã de 13 anos, e volta a ter vida normal. Até aqui, vai o relato de Freud.

Em 1907, morre sua mãe, e sua esposa sofre derrame cerebral. Os parentes criaram a Associação Schreber, reivindicando serem reconhecidos como herdeiros legítimos das ideias do velho Schreber (Daniel Gottlieb).

O presidente Schreber entra em crise, é de novo internado, agora em estado gravíssimo. Sente estar se decompondo e apodrecendo. Após uma crise de angina, e completando o total de 13 anos de internação, morre em 1911, no mesmo ano em que Freud publica o caso. Schreber tornou-se o psicótico mais famoso da história da psiquiatria e da psicanálise, alcançando a imortalidade sempre almejada pela família.

Sobre a paranoia, diz Freud em seu texto[88]:

> *A formação delirante, que presumimos ser o produto patológico, é, na verdade, um processo de reconstrução. (...) Aquilo que foi internamente abolido retorna desde fora. (...) Nos casos de paranoia masculina, há uma fantasia de desejo homossexual de amar um homem. (...) As principais formas de paranoia são uma contradição da proposição única: eu (um homem) o amo (um homem).*

Como isso é inaceitável para o sujeito, ele vai tentar negar a proposição, usando três possíveis transformações gramaticais diferentes:

» No DELÍRIO DE PERSEGUIÇÃO, o predicado AMO se transforma em ODEIO, e a frase muda para: eu não o *amo*, eu o *odeio*. As percepções internas (sentimentos) são substituídas por percepções externas. Assim, a proposição *eu o odeio*, transforma-se, por projeção, em outra: *ele me odeia,* me persegue, e isto me desculpará por odiá-lo.

» NA EROTOMANIA, o objeto direto O transforma-se em A, e a frase fica: eu não *o* amo, eu *a* amo, porque *ela me ama*. Ainda segundo Freud, muitos casos de erotomania poderiam ser explicados como fixações heterossexuais exageradas.

» No DELÍRIO DE CIÚME MASCULINO, o sujeito da frase *EU* se transforma em *ELA*, e a frase agora diz: Não sou *eu* que ama o homem, *ela* o ama. No caso do ciúme feminino, é o mesmo raciocínio: Não sou *eu* quem ama as mulheres, *ele* as ama.

---

[88] Freud, Sigmund. Opus cit. 1969. P. 94

Nos urros de Schreber contra Deus, Freud viu a expressão de uma revolta contra o pai; na homossexualidade recalcada, a fonte do delírio; na transformação do amor em ódio, o mecanismo essencial da paranoia. E conclui que a paranoia é uma defesa contra a homossexualidade.

## As Estruturas Clínicas em Lacan

Lacan fez uma releitura dos casos clínicos de Freud, bem como dos fundamentos teóricos que os embasam, utilizando-se dos novos conceitos que desenvolveu no chamado nó borromeano, com a trilogia dos registros do simbólico, imaginário e real, tomados como substantivos e não como adjetivos. Também Freud já havia substantivado o adjetivo 'inconsciente', mudança esta que já consta no nosso *Dicionário Aurélio*.

A expressão 'nó borromeano' foi tirada da ilustre família italiana Borromeu, cujas armas compunham-se de três anéis em forma de trevo, unidos de tal forma que, se um dos anéis fosse retirado, os outros dois ficariam soltos. Para Lacan, cada anel corresponde a um registro, igualmente entrelaçado. Mas, a partir de 1970, ao teorizar sobre a psicose, deslocou a primazia do simbólico, priorizando o real, e modificando a ordem para real, simbólico, imaginário. Em se tratando de uma estrutura, todos os elementos dependem uns dos outros, operando em conjunto.

O IMAGINÁRIO. A etimologia da palavra 'imaginário' vem do latim *imago*, que é um termo introduzido na psicanálise por Jung, em 1912, para designar uma representação inconsciente, através da qual, um sujeito designa a imagem que tem de seus pais. Freud escolheu a palavra *Imago* como título da revista que criou no mesmo ano, com o objetivo de aplicar a psicanálise às ciências do espírito.

Tanto Freud quanto Jung foram influenciados pelo escritor suíço Carl Spitteler (1845-1924), que publicou o romance *Imago*, sucesso entre os analistas. Neste romance, o autor contava a história de um poeta que inventava para si uma mulher imaginária, conforme a seus desejos, que povoava sua fantasia, mas o deixava infeliz.

Em Jung, o conceito de *imago* evoluiu para o de *anima,* o arquétipo que designa a parte feminina do homem. Em Lacan, a *imago* foi associada aos *Complexos familiares*, o fator que permite compreender a estrutura da instituição familiar, presa entre a dimensão cultural que a determina e os laços imaginários que a organizam.

Em Freud, a evolução do pensamento foi do real (da sedução) para o imaginário (fantasia de sedução), enquanto que Lacan seguiu o caminho inverso, iniciando com o conceito de imaginário, passando ao simbólico e ao real.

O imaginário lacaniano, que não deve ser confundido com imaginação, foi um conceito utilizado a partir de 1936, para descrever o estádio do espelho, e designa uma relação dual com a imagem do semelhante. Depois de 1953, o imaginário é o lugar do *eu*, com seus fenômenos de ilusão, desconhecimento, captação e engodo, ligado à experiência de uma clivagem entre o eu (*moi*, em francês) e o eu (*je*).

O surgimento do eu, segundo Freud, vem de fora, exigindo que uma nova ação psíquica se acrescente ao narcisismo. E Lacan postula que a imagem corporal de um outro, um semelhante, a mãe, por exemplo, sirva de espelho para que a criança antecipe a *Gestalt* de seu próprio corpo, vendo-se como um todo e não como corpo despedaçado, sendo essa a nova ação psíquica proposta por Freud. Mas, extrapolando a noção freudiana de ato psíquico, Lacan abrange um conjunto de representações inconscientes de um processo mais geral.

O conceito de imaginário cobre também o de significado (em relação ao significante), porque cada pessoa pode atribuir um sentido próprio ao que é dito, e cobre também o de conteúdo latente (em oposição ao conteúdo manifesto), de um sonho, por exemplo.

O SIMBÓLICO. A etimologia é grega, do verbo *ballô* (colocar, lançar, jogar), de onde derivaram 'hipérbole', 'parábola' e 'palavra'. O prefixo *sin* (com, junto) indica que a palavra se liga com a coisa que ela lança ou representa.

## O Símbolo, o que é?

O símbolo era um objeto primitivamente uno, que duas ou mais pessoas repartiam entre si, no momento em que vão separar-se por um longo tempo. Cada uma delas conserva o seu fragmento e, quando, mais tarde, se reencontram, cada qual se serve desse fragmento para fazer-se reconhecer. É o que hoje chamamos de senha.

Mas, segundo Elisabeth Roudinesco, foi na antropologia de Lévi-Strauss, com seu conceito de 'eficácia simbólica', e na linguística de Saussure, com a definição de significante, que Lacan se inspirou, em 1936, para designar um sistema de representação, baseado na linguagem, isto é, em significantes e significados, que determinam o sujeito, à sua revelia, permitindo-lhe referir-se a ele, consciente e inconscientemente, ao exercer sua faculdade de simbolização.

Há grande distância entre os conceitos de simbólico, em Lacan, e os de símbolo ou de signo na linguística. Estes dois se baseiam em alguma analogia, representando alguma coisa. A novidade do termo 'simbólico', na psicanálise, é que ele representa o sujeito, não uma coisa, e está ligado à linguagem. Freud também falou de simbolismo, mas no sentido de que, no sonho, um desejo recalcado é expresso por um símbolo, como o rei e a rainha simbolizando pai e mãe.

O simbólico desempenha uma função complexa, envolvendo toda a atividade humana, composta de uma parte consciente e outra inconsciente, ligada à função da linguagem e do significante. Em outras palavras, o simbólico faz do homem um animal fundamentalmente regido e subvertido pela linguagem, a qual determina todas as suas formas de laço social e, mais essencialmente, suas escolhas sexuais. Há, assim, uma ordem simbólica que organiza e condiciona os sintomas, os sonhos, a vivência do complexo de Édipo e a experiência analítica.

Enquanto o simbolismo aponta para um objeto determinado, como a bandeira de uma nação, a ordem simbólica é uma estrutura inconsciente que designa mais aquilo que falta, na linha de Hegel (o símbolo como morte da coisa), porque a função da palavra é tornar presente, por representação, o que está ausente.

O conceito de 'objeto perdido' (a mãe), tão caro a Freud, justifica bem a necessidade que a criança tem de começar a falar, logo que percebe a perda da mãe, pela interdição do incesto. Por isso, o simbólico cobre as noções de linguagem, lei, cultura, função paterna e grande Outro.

Em Lacan, o conceito de simbólico é inseparável de três outros conceitos: o significante, a forclusão e o Nome-do-Pai. O significante é a própria essência da função simbólica; a forclusão é o processo psicótico pelo qual o simbólico desaparece; o Nome-do-Pai é o conceito mediante o qual a função simbólica integra-se numa lei que significa a proibição do incesto.

O REAL. A partir da década de 1920, após a revolução introduzida na ciência pela teoria da relatividade do físico alemão Albert Einstein (1879-1955), a clássica oposição entre o real dado e o real construído foi modificada, e a palavra *real* passou a ser utilizada pelos filósofos como sinônimo de um absoluto ontológico, um ser-em-si que escapa à percepção.

O conceito de real, em Lacan, difere completamente de todas as referências freudianas à realidade do mundo externo. Estas, para Lacan, estão incluídas no imaginário. O *real* foi retirado do vocabulário freudiano de 'realidade psíquica', que inclui o desejo inconsciente e as fantasias a ele ligadas, designando uma realidade fenomênica imanente à representação e impossível de simbolizar. Engloba também a realidade própria da psicose (delírio, alucinação), na medida em que é composto dos significantes forcluídos (rejeitados) do simbólico.

Esta foi a primeira vez em que Lacan usou o conceito de forclusão, melhor do que rejeição, no *Seminário 3*[89], quando disse:

> *O que cai sob o golpe do recalque retorna, pois o recalque e o retorno do recalcado são apenas o direito e o avesso de uma mesma coisa. O recalcado está sempre aí, e ele se exprime de maneira perfeitamente articulada nos sintomas e numa multidão de outros fenômenos. Em compensação, o que cai sob o golpe da 'Verwerfung' tem uma sorte completamente diferente.*

## A Forclusão

Este conceito fundamental do *Seminário 3*, a forclusão que, para Freud e Lacan, é o mecanismo próprio da psicose, passará, a partir de agora, a fundamentar toda a nossa argumentação sobre a querela Lacan-Joyce.

Forclusão foi um conceito proposto por Freud, no caso do Homem dos Lobos, concernente à informação que o analisante (paciente) de Freud apresentou, referente ao episódio do dedo amputado por um canivete, e que ficou dependurado pela pele, mas voltou ao lugar, sem cicatriz nem sequela.

Freud diagnosticou isso como um delírio sem muita importância, uma simples neurose. Mas Lacan interpretou o evento como grave alucinação, considerando Serguei Pankejeff como psicótico, e provocando um equívoco grave de diagnóstico, entre os dois maiores expoentes da Psicanálise. Mas isto é assunto para outro departamento, a querela dos diagnósticos. E é bom levar em conta o fato de que Freud foi o analista que escutou o Homem dos Lobos no divã, enquanto que Lacan foi só um hermeneuta do texto escrito.

Neste caso clínico, Freud usou o significante *Verwerfung*, traduzido como rejeição, e para o qual Lacan sugeriu a tradução por *forclusão*, com o mesmo significado de rejeição, enquanto, como conceito

[89] Lacan, Jacques. Opus cit. 1985, p. 21

jurídico, significa o que se chama de decurso de prazo. Mais ou menos significa que, se o sujeito não acata a castração no momento certo em que fosse imposto o Nome-do-Pai, ou o Não-do-Pai, interditando o incesto, nunca mais seria possível a sujeição à lei, à cultura, à linguagem. Lacan afirma[90]:

> A respeito da Verwerfung, Freud diz que o sujeito não queria nada saber da castração, mesmo no sentido do recalque. Com efeito, no sentido do recalque, sabe-se ainda algo daquilo de que nem mesmo não se quer, de uma certa maneira, nada saber, e cabe à análise nos ter mostrado que se sabe isso muitíssimo bem. Se há coisas de que o paciente não quer nada saber, mesmo no sentido do recalque, isso supõe um outro mecanismo. E como a palavra Verwerfung aparece em conexão direta com essa frase e também com algumas páginas antes, eu me apodero dela. Não me prendo especialmente ao termo, prendo-me ao que ele quer dizer, e creio que Freud quis dizer isso.
>
> Objetam-me, da maneira mais pertinente, devo dizê-lo, que quanto mais a gente se aproxima do texto, menos se consegue compreendê-lo. É justamente por isso que é preciso fazer viver um texto pelo que segue e pelo que precede. É sempre pelo que segue que é preciso compreender um texto. [...] Se escolhi Verwerfung para me fazer compreender, isso é fruto de um amadurecimento, meu trabalho me conduziu a isso. Pelo menos por um certo tempo, peguem o meu mel tal como eu lhes ofereço, e se encarreguem de fazer alguma coisa dele.

Isto é que é fidelidade e paixão pelo mestre. Pena que, mais adiante, esse mel vai azedar, porque parece que Lacan se esqueceu de que, no inconsciente, não há noção de tempo e espaço, não obedecendo ao calendário, nem ao relógio.

Este conceito de forclusão vai ser a referência insubstituível em toda a nossa argumentação sobre a querela Lacan-Joyce, no decorrer deste livro. Este significante foi utilizado no *Seminário 3, As psicoses*

[90] Lacan, Jacques. Opus cit. 1985, p. 173.

(1955-1956), quando Lacan trabalhava o caso do Presidente Schreber, dentro de uma clínica da psicose, centrada na paranoia. Lacan propôs aí estabelecer a forclusão como o mecanismo específico da psicose, diferente do recalque, e consistindo numa rejeição primordial de um significante fundamental para fora do universo simbólico do sujeito.

Isto não significa que o psicótico esteja totalmente fora do simbólico, mas que um determinado significante, o do Nome-do-Pai, daquele que deveria exercer a função paterna, é rejeitado do universo simbólico do sujeito.

Assim, o conceito de real torna-se o lugar da loucura, entendida ainda como sinônimo de psicose. Os significantes forcluídos do simbólico retornam no real, sem serem integrados no inconsciente do sujeito, levando o psicótico a criar neologismos, alucinações e delírios, como uma tentativa de recuperar aquele significante faltoso e a função paterna que não operou nele a castração.

O real é aquilo que não é nem simbólico, nem imaginário. Logo, é o impossível de dizer, de suportar, de apreender. No dizer de Lacan[91], *o real é aquilo que sempre retorna ao mesmo lugar — a este lugar em que o sujeito, por mais que pense, [...] não o encontra.*

Aquilo que retorna sempre corresponde ao conceito freudiano de compulsão à repetição, a pulsão de morte. Então, o real é a morte, o último encontro faltoso, a que ninguém escapa, e que nenhum protagonista pode descrever. Se pensarmos também no texto de Freud *Inibições, sintomas e angústia*, teremos as respectivas correspondências de imaginário, simbólico e real.

O Imaginário é o lugar das ilusões do eu, da alienação e da fusão com o corpo da mãe; o Simbólico é o lugar do significante, da lei, da cultura; o Real é um resto impossível de simbolizar.

---

[91] Lacan, Jacques. Opus cit. 1979, p 52.

# CAPÍTULO VII

# O esquema L (lambda)

No ano de 1955, Lacan apresenta, nos *Escritos,* no *Seminário 2* e em outros seminários, um esquema, chamado *lambda*, a letra L em grego, escolhida por ser a inicial de seu nome. Trata-se de um instrumento didático de grande utilidade, como os demais matemas de Lacan. O desenho, só de longe, é parecido com a letra, mesmo em grego.

Este esquema, que será explicado bem detalhadamente mais adiante, tenta organizar as estruturas clínicas, na teoria freudiana, começando da vivência do Complexo de Édipo, passando pelo surgimento do ego no aparelho psíquico, e seguindo a trajetória do sujeito humano, a partir do narcisismo até a relação de objeto, conforme a proposta do mestre.

Ao mesmo tempo, incorpora a leitura mais avançada feita por Lacan, incluindo os conceitos de imaginário, simbólico e real, para orientar as escolhas inconscientes das três estruturas clínicas. Afinal, a segunda tópica freudiana foi chamada, não por acaso, de hipótese estrutural.

Lacan desenhou tudo num pequeno matema chamado de esquema Lambda[92]. A função dos matemas consiste em um dispositivo didático, resumido o máximo possível, e condensado a ponto de ser reduzido a algumas letras, nas quais está inscrito muito mais do que parece, na linha da equação matemática, e inspirado no famoso desenho que Freud fez do aparelho psíquico, no texto da *Interpretação dos sonhos.* Ao contrário da obscuridade dos números e letras, acaba sendo de uma clareza ímpar, a tal modo que, quando assimilado, nunca mais se esquece, tornando-se a fonte de ricas elaborações.

---

[92] Lacan, Jacques. *Seminário 2, O eu na teoria de Freud e na técnica da psicanálise.* Marie Christine Laznik Penot (trad.): Rio de Janeiro, Jorge Zahar Editor. 1985.p. 307.

Numa linha diagonal do matema está escrito 'imaginário', e corresponde, em Freud, à fase do narcisismo e da relação incestuosa, bem como, em Lacan, ao estádio do espelho, ou a resposta que Lacan ofereceu à explicação pouco clara do Freud sobre "a nova ação psíquica", que seria responsável pelo surgimento do ego e do psiquismo.

Em vez de Lacan se referir, como Freud, às denominações de menina e menino na experiência edipiana, ele escreve "a criança", já que, incentivado pelo predecessor, o primeiro objeto de amor de qualquer criança é sempre a mãe.

Da mesma maneira, as referências à mãe ou ao pai, no esquema, não as ligam, necessariamente, aos seus correspondentes biológicos, mas a qualquer pessoa ou mesmo a uma instituição pública que execute as funções de cuidar (mãe), e de castrar (pai).

Visto que a criança nasce desamparada, em todo sentido, já que seu sistema nervoso ainda não está devidamente desenvolvido, necessitando de um cuidado imperioso de atendimento da sobrevivência e da troca de libido, a mãe funciona como uma "usina libidinal", para carregar as baterias de desejo na criança.

Nesta fase do Imaginário, mãe e criança se completam mutuamente, a ponto de uma se julgar o falo imaginário da outra, isto é, uma posse total e exclusiva, incestuosa, que vai provocar o surgimento do desejo. Esta fase de narcisismo primário, embora totalmente imaginária, é permitida, necessária e indispensável nesta primeira experiência da criança, preparando-a para a igualmente necessária castração e consequente independência do novo sujeito.

A outra diagonal, do simbólico e do inconsciente, descreve a função paterna e o consequente surgimento do inconsciente. O representante da lei, da cultura, da linguagem vai operar um corte na linha do imaginário, corte este que é a castração, a interdição da relação imaginária incestuosa, apresentando-se 'o pai' como o objeto de desejo da 'mãe', numa intervenção simbólica da metáfora paterna, impedindo a criança de tentar 'ser o falo também imaginário' da mãe ou do pai.

Mas esta castração autoriza a criança a desejar ser o falo, sempre imaginário, de qualquer outra pessoa, fora da relação de parentesco de cada cultura, e autorizando-a a escolher um futuro parceiro ou parceira, no resto do mundo.

Como resultado desta operação de recalque, surge o sujeito do inconsciente, assujeitado à lei, à cultura, `a linguagem, dividido entre consciente e inconsciente, metaforizando o falo imaginário da completude pelo Falo simbólico da falta. A partir daí, a linguagem vai substituir ou representar a falta daquele objeto de amor, perdido para sempre.

A castração representa uma tragédia? Longe disso. Ela é a garantia de nossa alforria. Agora somos sujeitos humanos livres da dependência e donos de nosso desejo.

Este esquema mantém e amplia o triângulo edipiano proposto por Freud, com os seguintes elementos: a mãe, o pai, e a criança, registrando também as instâncias do Isso, Eu e Supereu freudianos, como ainda os três registros lacanianos: o Imaginário, o Simbólico e o Real.

Com este instrumento, fica mais fácil definir as estruturas clínicas, dentro da visão lacaniana. A novidade da proposta consiste em valorizar a linguagem, como parâmetro das escolhas estruturais subjetivas, já que a linguagem é o único apanágio exclusivo do ser humano.

Isso não exclui a sexualidade, enfatizada por Freud, que, entretanto, temos em comum com os animais. Sendo assim, o critério para definir as estruturas clínicas é o lugar que a lei ocupa nos elementos descritos no esquema *lambda*. Em outras palavras, a escolha das estruturas, especialmente na perversão, não é um fato sexual, mas um fato de linguagem, situado no discurso.

Tal escolha não é um ato de vontade, de capricho, porque a linguagem também nos determina a uma escolha forçada. Tudo vai depender da maneira como cada pessoa interpreta e integra, em sua experiência, os acontecimentos e os fatos de linguagem à sua volta. E a reação de cada pessoa é própria e insondável, por incluir suas fantasias. Não é possível fazer previsões ou programações, e só podemos interpretar as escolhas *a posteriori*.

A NEUROSE. O esquema *lambda*, tal como é construído, em sua totalidade, aplica-se à estrutura neurótica. Ocorre a primeira fase do Édipo, o estádio do espelho, como já foi descrito, na diagonal da relação imaginária. A segunda fase, do simbólico, corresponde à outra diagonal que é um corte, o recalque da relação incestuosa para o inconsciente, livrando a criança da subjugação à mãe e garantindo-lhe o estatuto da subjetividade.

Sendo assim, o neurótico é aquele que aceita ou, no mínimo, consente em submeter-se à lei paterna, à cultura, à linguagem. Aceitando o recalque, ele se compromete com a lei, obedecendo, de bom ou mau grado, às exigências sociais. A neurose vai caracterizar-se pelos sintomas neuróticos, que são a manifestação do mal-estar na cultura e da angústia de castração, decorrente do fato de sua recém-adquirida humanização, pelo acesso à linguagem.

Além dos sintomas, uma característica da neurose é o mal-entendido que ocorre em nossa linguagem cotidiana, já que a linguagem constitui uma rede de significantes, e visto que cada significante, por ser polissêmico, pode admitir vários significados. Sendo assim, a suposta comunicação padece de interpretações divergentes entre as pessoas.

Em síntese, na estrutura da neurose, o registro do simbólico assume a primazia sobre os outros dois. E a linguagem segue um código acessível a todos.

A PERVERSÃO. Lacan faz uma proposta de colocar uma ordem na confusão generalizada dos teóricos da psicanálise acerca da estrutura da perversão. Ao encará-la como um ato de linguagem e não um ato sexual específico, a estrutura da perversão será detectada no discurso de cada um. Seguindo a trilha de Freud, segundo o qual a perversão se organiza com o mecanismo do desmentido, temos que admitir que o perverso é aquele que, em princípio, aceita a lei, como o neurótico, mas se dá o direito de ab-rogá-la, segundo seu capricho.

Da mesma maneira que Freud trabalhava com a etimologia latina da palavra 'perversão', em que o prefixo 'per' sugere o sentido de várias versões, ou versão polimórfica, Lacan joga com a etimologia francesa da palavra 'perversão', substituindo o prefixo latino pelo substantivo 'père', escrevendo *père-version,* ou versão do pai, para dizer que, em todas as três estruturas, é a referência à lei do pai, é o modo como a pessoa responde à proibição paterna que vai determinar sua forma de defesa contra a castração, ou sua estrutura clínica.

Se, no neurótico, o lugar da lei é no registro do simbólico, na perversão ocorre uma inversão do simbólico para o imaginário. Enquanto está no simbólico, o perverso acata a lei, mas não se compromete muito com ela, transgredindo-a e deslizando para o imaginário em certas ocasiões, segundo seu capricho. Esta é a única estrutura em que o lugar da lei não é fixo.

O perverso cria, então, um entorno de simbólico, mas com a intenção de enganar as pessoas, atribuindo, depois, um significado imaginário diferente daquele que era esperado. É por isso que, diferentemente do neurótico que cria mal-entendidos, o perverso cria mal-intencionados. Ele engana com intenção premeditada.

Assim, coube a Lacan tirar a perversão do campo do desvio. Ele foi sensível à questão do *Eros*, da libertinagem, e da natureza homossexual, bissexual, fetichista, narcísica e polimorfa do amor. O próprio Lacan era um libertino, e privilegiou os conceitos de desejo e gozo, fazendo da perversão um componente do funcionamento psíquico normal, uma provocação ou desafio permanente à lei.

Ainda com Lacan, do ponto de vista clínico, a perversão perdeu seu caráter de incurabilidade, e o 'antigo' perverso passou a ter acesso à prática da psicanálise, sem ser considerado um perigo para a comunidade.

O grande psicanalista americano, Robert Stoller (1925-1991), inventou o conceito de *gender* (gênero), que passou a ser usado em muitas áreas do saber. Junto com Michel Foucault e Elisabeth Badinter, Stoller destacou-se nos estudos modernos sobre a sexualidade. Seu livro, *Sex and gender,* publicado em 1968, renovou a abordagem clínica sobre o conjunto das perversões, especialmente do fetichismo feminino e do transexualismo.

A psicanalista francesa, Joyce McDougall, escreveu o livro *Em defesa de uma certa anormalidade*, em que atribui o nome de neossexualidade e de sexualidade aditiva a formas de sexualidade perversas, próximas da droga e da toxicomania, mas que permitem a alguns sujeitos, à beira do surto, encontrarem o caminho da cura, da criatividade e da autorrealização.

Lançado em 1991, o filme italiano *La condanna* (*O processo do desejo*), dirigido por Marco Bellocchio, supervisionado por um psicanalista lacaniano, levantou questões psicanalíticas importantes, a respeito da perversão, contando a história de uma mulher (Andrzej Sewerin) que foi visitar um museu. Findo o expediente, e fechadas as portas, ela percebeu que ficara presa, no interior do castelo. Tendo que passar toda a noite ali, ela resolve continuar sua pesquisa, quando surge um homem (Vittorio Mezzogiorno) que, aparentemente, estava na mesma situação. Os dois perambulam juntos, começa a rolar um clima, acabam fazendo amor, de comum acordo e dentro do figurino.

Tudo ia muito bem, até que, já no amanhecer, o homem declara que tinha a chave do museu, que ela poderia sair, se quisesse. Foi então que ela percebeu todo o equívoco, sentindo que foi usada. Abre um processo contra o intruso e ganha a causa. A discussão das motivações inconscientes que geraram a situação é bastante rica e bem elaborada.

No filme citado, o homem dá a entender que está perdido também no museu, na mesma situação que a mulher. Esta é aparência simbólica. Mas ele não declara, de início, que tinha a chave. Esta é a realidade imaginária, sua má intenção. Ele foi perverso ao enganar aquela mulher, e a condenação foi merecida. Se ele tivesse dito a verdade, o desenrolar da história poderia ser muito diferente, como também poderia ser igual.

O conceito de perversão, hoje, é mutante. Com exceção da pedofilia, a caracterização das antigas perversões sexuais está em extinção. A vida sexual das pessoas não é mais objeto de preocupação, nem de curiosidade, muito menos de censura.

Hoje, a perversão é de natureza social, política e econômica. Os governantes e os homens públicos, em geral, usam os subordinados como instrumentos do próprio gozo. Desenvolvem uma política econômico-financeira voltada para seus interesses próprios, em detrimento do cidadão e bem público. O capitalismo é uma boa definição para perversão, como veremos mais abaixo.

A atual sigla LGBTQIa+ e outros é uma prova de maturidade promissora na história da sexualidade, digna de ser inserida no tradicional e, ao mesmo tempo, revolucionário livro de Freud *Três ensaios sobre a teoria da sexualidade,* de 1905, em que o autor exorciza toda a moralidade doentia da sexualidade, propondo a primazia do prazer como o melhor diagnóstico da saúde física e mental. Basta lembrar o detalhe de sua tese básica de que todos somos bissexuais, e que nenhuma prática sexual é, por si só, moralmente perversa. Única exigência é que haja consentimento (com-sentimento) de todos os participantes.

A PSICOSE. É importante salientar que as estruturas clínicas lacanianas não têm uma conotação patológica. São uma espécie de estilo de vida, uma tomada de posição diante da castração. No caso da psicose, o sujeito não faz o percurso todo previsto no esquema *lambda.* Ele se fixa na fase do espelho, na diagonal do imaginário, e rejeita a intervenção do Nome-do-Pai. Portanto, a lei não se impõe para ele. Em compensação, não acede ao simbólico, à linguagem socialmente codificada, à subjetivação, o que torna a sua fala ininteligível. Na psicose, os três registros não estão amarrados. Por isso é que a psicose está "desencadeada", alheia à cadeia significante.

O lugar em que o psicótico situa a lei é na própria mãe, portanto, no imaginário e no real. Não dominando o código da linguagem, ele precisa criar neologismos para tentar substituir a lei faltante, a função paterna. Sem substrato no simbólico, sua busca vai ser canalizada nos delírios e alucinações, fazendo retornar, no real, aquilo que foi rejeitado do simbólico.

No esquema *lambda,* encontra-se a palavra alemã *Es,* que equivale ao Id, ao Isso, aquela parte do inconsciente que, segundo Freud, não foi recalcada. No psicótico, não existindo o sujeito do inconsciente, por não ter elaborado a metáfora paterna, que ressignificaria o desejo da mãe, permanece o gozo incestuoso. Por isso, o psicótico continua sendo uma criança dependente e sem autonomia.

Mas, Lacan introduziu uma novidade questionável, com relação à psicose. Trata-se do conceito de 'suplência da função paterna', que teria acontecido com James Joyce. Para Lacan, algumas pessoas, que vivem na borda da psicose, os *borderline,* podem conseguir evitar o desencadeamento do surto psicótico, através de uma suplência da função paterna. Já que os três registros não estão devidamente amarrados, o sujeito criaria o *sinthoma,* um quarto nó, elemento que vem impedir a desagregação dos outros nós, conseguindo manter uma psicose sem delírios.

Pela etimologia grega, *symptôme* significa 'o que cai junto', como, na medicina, uma febre denunciando uma infecção. Mas Lacan distingue este *sinthoma* do sintoma comum do neurótico. Na psicose, em função da ausência do Nome-do-Pai, o sujeito criaria o Pai-do-Nome, segundo Lacan, adquirindo para si um nome, através do artifício, por exemplo, da escrita ou de uma obra de arte.

Segundo ele, este foi o caso do escritor irlandês, James Joyce (1882-1941). Ao criar um estilo inédito de escrever, admirado no mundo inteiro, ele fez para si um nome público. Já que faltou o Nome-do-Pai, ele construiu, a duras penas, uma proteção para sobreviver.

O fato de alguns textos de Joyce serem quase ininteligíveis ou, quase intraduzíveis, levou muitas pessoas a suspeitarem que ele era psicótico, pelo fato de que esta é uma característica da condição de psicótico.

Outro exemplo típico foi relatado no Brasil, e publicado no caderno *Ilustrada,* do Jornal *Folha de S. Paulo,* de 3 de outubro de 2008. A cantora brasileira, Adriana Calcanhotto, entrou em surto psicótico, durante um *show* em Portugal. O uso de medicamento à base de cortisona, para um problema glandular, associado com outros remédios, foi o desencadeador.

A única saída que ela confessa ter encontrado, e que a salvou, foi a escrita. Ela escreveu o livro *Saga Lusa,* em que narra seu delírio e pânico, enquanto viveu as piores sensações de sua vida, e teve medo de não voltar a controlar as próprias emoções e pensamentos.

AS PERVERSÕES, NA MODERNIDADE. Elisabeth Roudinesco, psicanalista francesa e historiadora, que pode ser considerada como o Michel Foucault de nossos dias, escreveu um livro magistral sobre as perversões e a história dos perversos, intitulado *A parte obscura de nós mesmos*[93]. A autora explica que os motivos de tanta intolerância e preconceito, contra a homossexualidade e os diversos tipos de supostas perversões sexuais, devem-se ao fato de que, do mesmo modo que aconteceu com a loucura, a sociedade precisa excluir e estigmatizar os 'perversos' e os loucos, porque se recusa a admitir esta parte maldita e fascinante, de si mesma. Suprimir a perversão é negar a própria humanidade.

A perversão faz parte da espécie humana, decorrendo do livre arbítrio, e inexiste nos animais. É a própria existência da lei e da cultura que condiciona a transgressão. E como a lei sempre insistiu na repressão sexual, com todo o apoio da religião, não é de admirar que a esfera sexual tenha sido a mais fecunda nas ditas perversões.

---

[93] Roudinesco, Elisabeth. *A parte obscura de nós mesmos.* André Telles (trad.): Rio de Janeiro, Jorge Zahar Editor. 2008. P. 163.

Isto mostra que, se foi criada uma lei, é porque existia antes um desejo de realizar aquilo que ela tenta impedir.

Roudinesco cita a história de Joana d'Arc (1412-1431), a heroína francesa de apenas 19 anos, que foi condenada à fogueira pela Inquisição católica, por ter se travestido de homem para comandar o exército francês na expulsão dos ingleses. Posteriormente, em 1920, ela foi canonizada pela mesma Igreja, com a justificativa de que não era perversa nem herética, mas que vestia roupas masculinas somente para preservar sua virgindade diante dos soldados que queriam estuprá-la.

Discutiu-se, durante séculos, se a existência da parte oculta de nós mesmos tinha origem divina — afinal, Deus criara até o Diabo -, ou se provinha da cultura e educação. Uma resposta eloquente veio do escritor francês Marquês de Sade (1740-1814), para quem a perversão tinha um fundamento na natureza, uma pulsão inerente ao próprio homem, caracterizada pelo gozo do mal.

Seu raciocínio era oposto ao da religião, que condenava as perversões por serem contrárias à natureza ou à reprodução. Em suas reflexões, durante 28 anos de cadeia, Sade definiu a perversão como uma inversão da Lei, na linha que Lacan seguiu (a inversão do simbólico pelo imaginário), quase como homenagem ao "Príncipe dos perversos", Sade, considerado, por Lacan, como o santo protetor dos analistas, enquanto defensor da realização do desejo.

A partir do movimento intelectual europeu do Iluminismo, no século XVIII, que substituiu o domínio da fé pelo da razão, no controle das perversões, e depois de decretada a "morte de Deus" pelos filósofos, as perversões se tornaram apanágio do Direito. Deixaram de ser pecado e, depois, deixaram de ser crime, desde que exercidas privadamente e com o consentimento dos parceiros adultos. Só são penalizados alguns atos públicos.

Ainda segundo Roudinesco, na sequência, a psiquiatria passou a dogmatizar sobre os comportamentos considerados desviantes de uma norma, oferecendo toda sorte de medicamentos que domesticariam os perversos. Neste vaivém dos controladores, sempre foi dado um destaque especial à masturbação e à homossexualidade, considerados o ponto alto das perversões.

Muito aos poucos, com a contribuição quase solitária da psicanálise, foi-se destacando a dimensão humana das perversões. Depois que Freud caracterizou a criança como perversa polimorfa normal, todos nós passamos a ser ex-perversos, sem deixarmos de ser perversos potenciais. Esta foi a primeira vez que a dimensão do desejo foi incorporada ao prazer do mal.

Finalmente, a grande virada histórica sobre as perversões foi-nos fornecida pelo episódio recente do Nazismo. A existência de uma lei totalitária autorizando a desobediência a todas as leis humanas nacionais e internacionais, também conhecida como a 'banalização do mal', veio criar uma lista inédita de perversões.

Foi necessário criar, inclusive, um novo significante, o genocídio, para designar um crime nunca antes visto na história da humanidade. Sempre houve guerras entre os países que invadiam os outros para qualquer tipo de saque. No genocídio, o que se visava não era conquistar bens nem invadir um território, mas extirpar uma raça.

Além do ato bárbaro do genocídio, seus praticantes cometeram outra perversão, a de desmentir descaradamente (vejam aí o 'desmentido' freudiano), o que haviam feito, através da destruição das provas, ou da alegação de que seus artífices eram benfeitores da humanidade, por terem promovido a purificação das raças.

Elisabeth completa sua tese, sobre as novas perversões, declarando que a própria sociedade, capitalista ou socialista, é a encarnação da perversão, enquanto explora a mão de obra e a liberdade das pessoas, sob pretexto de garantir seu bem-estar e felicidade.

Quanto à moderna psiquiatria, ao substituir a noção de perversão pela de parafilia, descrevendo os vários transtornos de comportamento, trata o ser humano como uma máquina que não está funcionando a contento, sem levar em conta a subjetividade.

Por fim, além das últimas descobertas das 'perversões' citadas acima, defrontamo-nos hoje com o terrorismo, os homens-bomba, os internautas pedófilos, o turismo sexual, os sequestradores, os estupradores, as *fake-news*. Diante de tal quadro, as antigas perversões, como masturbação, sexo oral ou anal, fetichismo, voyeurismo, homossexualidade, travestismo etc., não passam de "conversa de botequim", sendo de admirar que ainda haja pessoas se preocupando com elas. A perversão, hoje, migrou para a pessoa jurídica.

Enfim, o esquema Lambda nos ajudará a esquematizar toda a teoria das estruturas clínicas, bem como o percurso que cada pessoa faz ao escolher seu destino.

Os lugares estratégicos do esquema são marcados pelas letras a, a', A, S e (Es).

Letra a: lugar da criança;
Letra a': lugar da função materna;
Letra A: lugar da função paterna;
Letra S: lugar do sujeito, neurótico ou perverso;
Es: lugar do psicótico.

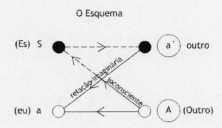

Esquema L (Lacan, 1955-1956/2008)

No original, como podem ver, Lacan propõe um determinado percurso, indicado por setas. Vou traçar um outro caminho, que me parece mais fácil de visualizar, sendo que o ponto de chegada é o mesmo. Cada estrutura clínica tem um percurso diferente.

» Na neurose,

o percurso pode ser assim traçado, de modo simplificado: a, a', A, S. Este S é sempre o $, (Sujeito barrado, castrado)[94].

» a: lugar da criança. Ela ocupa este lugar em função de seu desamparo físico e psíquico, no registro do imaginário, isto é, da completude, no sentido da espera de que nada lhe faltará. Isto é o narcisismo primário e de uma relação edipiana incestuosa. Daí a criança dirige-se ao a'.

» a': lugar da mãe, primeiro objeto de amor, e que vai fazer uma função materna, cuidando da criança em todas as necessidades biológicas e psíquicas. Esta mãe está movida por um desejo forte que consiste em transformar aquela criança em "sua majestade, o bebê", segundo Freud, ou seu falo, no sentido de sua cria e posse exclusiva, sua principal preocupação, segundo Lacan.

Entretanto, no devido momento, essa mãe vai desmamar a criança, desfraldá-la, e exercer sua função paterna também ao orientá-la na direção de A.

» A: lugar do pai e da lei da proibição do incesto. Este pai que registrou essa criança no cartório, transmitindo-lhe um sobrenome que a insere na tradição de uma família, e deixando claro que aquela mulher e aquele homem já estão fortemente ligados entre si por um desejo amoroso, e que a criança não poderá mais ocupar este lugar de desejá-los como mulher ou como homem, através do recalque, considerando-os, a partir de agora, somente como mãe e pai. No próximo passo, a alternativa da criança é seguir em direção ao registro do simbólico, ao inconsciente, em S.

» S: lugar do sujeito barrado, assujeitado à lei, à linguagem, pela qual ele vai representar a presença da falta dos objetos incestuosos

[94] Como a digitação do sujeito castrado $ não é disponível no teclado, vamos usar simplesmente o S.

proibidos e, também, ficar sujeito aos mal-entendidos próprios da linguagem. Assim, a criança torna-se independente, e poderá realizar seus desejos amorosos com qualquer outra pessoa que não tenha os mesmos laços consanguíneos estabelecidos por lei. O mecanismo que sustenta a neurose é, portanto, o recalque. Aí o sujeito se compromete a seguir a lei, mas mantendo sua liberdade desejante.

» Na perversão,
caracterizada pelo fato de que o sujeito conhece a lei, exatamente como o neurótico, mas com a diferença de que não se compromete com ela no mesmo grau que o neurótico. Assim, o perverso, enquanto reconhece a lei, é igual ao neurótico, mas quando acontece o mecanismo do desmentido, ele se torna perverso, isto é, ele se dá o direito de, eventualmente, negar a lei, criando uma outra lei pessoal, segundo seu capricho, incluída sempre a má intenção de tirar um proveito em cima de um prejuízo alheio.

De tal forma que, fazendo o mesmo percurso do neurótico, vai passar pelo A, o simbólico, do Nome-do-pai. Aí ele pode fazer uma inversão do simbólico ao imaginário e vice-versa, uma regressão ao a, ao imaginário, fazendo sua própria lei, que gera o mal-intencionado. E daí retorna ao A e continua o percurso até S, o sujeito. Sendo assim, seu percurso, o mais longo, será:

$$a, a', A, a. A. S$$

» Na psicose,
O percurso do psicótico é o mais reduzido, assim:
a, a', Es
Torna-se psicótico quem faz a primeira trajetória da relação imaginária com a mãe, do mesmo jeito que o neurótico e o perverso, a, a', mas rejeita passar pelo A, a função paterna, rejeitando e forcluindo, portanto, a castração. O próximo passo do psicótico é, então, sair pelo

Es. Esta sigla, em alemão, significa o Isso (Id), o Real, o inconsciente não recalcado.

O psicótico mantém sua identificação e simbiose com a mãe, permanecendo incestuoso, negando-se a se submeter às leis da linguagem, portanto, não se subjetivando e vivendo à margem da cultura e dos costumes do restante da população. Este é o motivo pelo qual o psicótico não termina seu percurso pelo esquema Lambda saindo em S, como é o caso do neurótico e do perverso, porque, sem passar pela castração, o psicótico não se subjetivou. Ele vive com o inconsciente a céu aberto, como dizia Lacan, um inconsciente que não passou pelo recalque. A saída do psicótico é pelo ES, o isso, o Real, não se enquadrando na Lei.

Sua Fala não costuma ser entendida pelas demais pessoas, porque ela usa uma linguagem literal, sem metáforas e sem as figuras de linguagem usadas pelos neuróticos. Assim, por exemplo, se alguém diz para o psicótico: 'estou queimando de amor', ele pode responder: 'então chame o corpo de bombeiros".

Normalmente o psicótico não gosta de se olhar no espelho, porque não se reconhece ali. Às vezes não se refere a si mesmo na primeira pessoa, porque não é um sujeito barrado pela lei. E não costuma sonhar, porque, sendo o sonho um retorno do recalcado que volta do inconsciente, e como não houve recalque lá, o sonho pode ser substituído pelas alucinações ou delírios, na vida de vigília, no registro do Real e não do Simbólico, já que sua linguagem não obedece ao código de linguagem estabelecido pela gramática.

Como Lacan iniciou seu ensino pela psicose e não pela neurose, como foi o caso de Freud, sua contribuição para a teorização da psicose foi muito produtiva.

Até aqui, vimos o percurso no esquema Lambda, das três estruturas clássicas: da castração assumida, da castração desmentida, da castração forcluída, pelas quais todas as pessoas perambulam. Seguindo Lacan, proponho uma quarta alternativa, de uma castração parcial, na mulher, enquanto não-toda castrada.

» Na mulher,

O percurso da mulher é o mesmo do neurótico, descrito acima, enquanto aí estamos falando do gozo fálico, o gozo de ser o falo imaginário do outro, próprio do homem e da mulher. Mas agora vai surgir um percurso ligeiramente alterado e diferente, porque existe um outro gozo, justamente chamado de gozo feminino, ou suplementar, que vai provocar uma pequena diferença: quando ela chega ao A, a casa do pai e da lei, seu percurso sofre um pequeno desvio, que consiste em não se comprometer totalmente com o Simbólico, a Lei do pai.

Lembram-se de que Freud afirmou que o Supereu da mulher é mais fraco que o do homem? Por isso, ela é mais livre, intuitiva, criativa como Eva no paraíso. Já o Supereu do homem é mais imperativo e rígido, porque ele é totalmente castrado, não restando dúvida sobre quem é sua mãe.

Donde podermos concluir que a angústia da mulher (gênero) é menor do que a do homem (gênero), porque a mulher não sendo castrada de todo, resta a incerteza sobre quem é seu pai. Alguém poderia objetar: dado o avanço das ciências biológicas, na descoberta do DNA, não cai por terra a incerteza quanto ao pai? Não. Porque o teste de DNA só aponta para o genitor ou genitora, quem transmitiu o espermatozoide ou o óvulo e, consequentemente, a genética.

O pai, para a psicanálise, é bem mais um agente simbólico, não necessariamente biológico, descrito por Lacan como aquele que deseja a mãe de uma criança e que exerce sua função de interdição do incesto e da adoção de uma filiação nascida de seu próprio desejo com relação àquela criança. Assim, genitor e genitora não são sinônimos de pai e mãe.

A maternidade também é função simbólica e não necessariamente biológica. Esta função materna poderá estar presente também numa inseminação artificial ou numa clonagem. A lei, a cultura, a linguagem e o desejo são sempre preponderantes.

Assim, um casal homoafetivo feminino pode consistir em duas mães biológicas de um mesmo filho, como já aconteceu no Brasil, por decisão judicial. Uma delas entrou com o óvulo, a outra o acolheu no útero, mas ambas desejaram aquele filho e ambas exerceram a função materna e paterna. Mas, e o espermatozoide? Ah! Este foi comprado num banco de sêmen, cujo doador será sempre secreto, por lei.

O mesmo acontece com um casal homoafetivo masculino, que não gestou mas adotou um filho. Pergunta-se então: Quem é a genitora? Pode ser apenas uma barriga de aluguel, se nos referimos à mãe biológica. Mas tanto o casal masculino quanto o feminino podem e devem perfeitamente exercer as funções materna e paterna, ao assumirem os compromissos definidos, para tanto, nos dispositivos jurídicos necessários e suficientes para a inclusão na comunidade dos seres falantes.

A mulher pode sempre perguntar: quem me garante que você é meu pai? Logo, ela não assume totalmente o compromisso com o simbólico da lei. Mas não é equiparada ao perverso, porque ela não é mal-intencionada como ele.

No segundo período, do Real, Lacan[95] enaltece as mulheres, comparando-as com Deus, no *Seminário 23*:

> *A mulher da qual se trata é um outro nome de Deus. [...] Aquele a quem chamamos geralmente de Deus, a análise o desvela como pura e simplesmente A mulher. A única coisa que permite supor A mulher é que, como Deus, ela seja poedeira.*

Antes disso, no *Seminário 10,* assim dizia o mestre[96]:

> *Será que o vazo feminino está vazio ou está cheio? Não importa, uma vez que ele se basta. [...] não lhe falta nada. [...] A mulher revela-se superior no campo do gozo, uma vez que seu vínculo com o nó do desejo*

[95] Lacan, Jacques. Opus cit. 2007. Ps. 14, 124.
[96] Lacan, Jacques. *O Seminário 10, A angústia.* Vera Ribeiro (trad,): Rio de Janeiro. Jorge Zahar Editor. 2005. Ps. 202,209, 331.

*é bem mais frouxo. [...] O gozo das mulheres está nelas mesmas, não se conjuga com o Outro.*

Nos últimos trinta anos de vida, Freud passou por uma experiência de vida cheia de emoção, quando conheceu Lou Andreas-Salomé, uma mulher de beleza estonteante, sedutora, intelectual brilhante que se tornou psicanalista, pela qual um Freud ciumento se apaixonou, com a devida elegância, e com a qual ele descobriu, sem sombra de dúvida, que as mulheres são alegres.

É com este raciocínio que Lacan vai afirmar que a mulher é não-toda castrada, ou que ela é louca, isto é, pouco dependente da lógica masculina que faz com que todos os homens sejam iguais, e todas as mulheres diferentes. Assim, os homens formam um conjunto, enquanto que, com as mulheres, é uma por uma, além de serem todas criativas, alegres e bonitas. Mas, já que a mulher é Deus, por definição, ela não tem pai.

## CAPÍTULO VIII

# Quantos Lacans, afinal?

Pergunta capciosa que divide todos os discípulos, dentro da lógica do 2+2 são 5. Mas alguém que é profundo conhecedor de Freud, de Lacan, da topologia e da matemática, e que é o familiar genro de Lacan, isto é, Jacques-Alain Miller, vai nos orientar nesta raiz quadrada.

Em seu recente livro, de 2010, "*Perspectivas do Seminário 23 de Lacan, O sinthoma*", Miller[97] nos dá uma aula magna. Ninguém é mais autorizado do que ele para nos dizer com quantos Lacans ele conviveu tanto tempo juntos. Vou passar a palavra para ele, concordando. Como vou citá-lo várias vezes, só identificarei o número da página, para simplificar:

> *Utilizo familiarmente uma tripla periodização. Falo do primeiro Lacan, a partir do Congresso de Roma, de Função e campo da fala, para designar os dez primeiros anos de seu ensino. Falo do último Lacan para designar aquele que alçou voo a partir de Mais, ainda. Entre eles, há o segundo Lacan, que começa com os Quatro conceitos fundamentais da Psicanálise. Mas, aqui, acrescento um corte suplementar.*
>
> *No último Lacan, é preciso distinguir o derradeiro Lacan, que nos abre um campo no qual ainda não entramos verdadeiramente [...] não nos é, para retomar a palavra, familiar. E o capítulo IX, a meu ver, aplica-se, como já disse, a uma microscopia desse texto. Em minha opinião, ele marca uma virada, como pude assinalar há algum tempo, se bem lembro no Seminário 20, Mais, ainda, a propósito da lição número VII, na qual Lacan enunciava que sua escrita do 'objeto a' era, em definitivo, insuficiente para capturar aquilo de que se trata*

---

[97] Miller, Jacques-Alain. *Perspectivas do Seminário 23 de Lacan. O Sinthoma.* Teresinha Prado (revisão): Rio de Janeiro, Jorge Zahar Editor. 2010. P. 56.57.

*no real. Eu havia escandido essa lição e mostrado como ela continha o princípio de um questionamento que conduzira Lacan ao uso do nó borromeano.*

*Pois bem, no capítulo VII temos uma segunda inflexão que abre para a elucubração final de Lacan. O que aqui podemos achar difícil e aparentemente contraditório deve, de fato, ser considerado, penso eu, como uma introdução ao outro escrito final de Lacan, "O esp de um laps", cuja lição, como eu disse, ele tira do Seminário 23: o sinthoma, abrindo, ao mesmo tempo, para uma parte de seu ensino que permaneceu obscura. Uma das razões disso, é que ele, em seguida, não dedicou nenhum escrito a essa última elucubração.*

Nos dois parágrafos anteriores, Miller[98] estranhamente distingue o último Lacan e o derradeiro Lacan. Então temos quatro Lacans? Há informações desencontradas também em Miller. Assim diz ele:

*O derradeiro ensino de Lacan constitui-se exatamente de dois seminários: o 24, que segue o sobre o sinthoma, e o 25. Eu os publicarei em um único volume, o que então somará, quando o conjunto estiver disponível, 25 seminários em 24 volumes. [...] Não haverá os livros 26, 27, ou 28 do Seminário.*

## O primeiro Lacan, do Simbólico

O primeiro Lacan, da fase do Simbólico (SIR — Simbólico, Imaginário e Real), por todos conhecido, respeitado e admirado como autor do "retorno a Freud", iniciado com o primeiro seminário de 1953, e com textos emblemáticos pela fidelidade a Freud e pelo rigor teórico e ético na teoria e na clínica.

Além dos seminários deste período, Lacan ia publicando seus *Escritos*, que correspondiam ao que ele falava, em voz bem baixa, para seus alunos e admiradores da Psicanálise. Por tudo isso, pode ser

---

[98] Miller, Jacques-Alain, opus cit.2009. p. 187.

considerado como quem salvou a Psicanálise freudiana do desastre da então chamada Psicologia do Ego, imaginária, que dominava o cenário psicanalítico daquela época, num movimento que negava praticamente o inconsciente e todo o arsenal teórico e clínico de Freud.

E Lacan inicia seu ensino na Psicanálise por volta dos quarenta anos de idade, passando outros quarenta anos, divididos em três períodos diferentes, teorizando com base nos três registros, cada um alternadamente enlaçando os outros dois e marcando sua primazia.

O "retorno a Freud" foi o moto contínuo de todo o primeiro ensino lacaniano. Segundo Dunker[99], esta proposta ocorreu entre 1953 e 1958, incluindo o *Seminário 1, Os escritos técnicos de Freud; Seminário 2, O eu na teoria de Freud e na técnica da psicanálise; Seminário 3, As psicoses; Seminário 4, A relação de objeto; Seminário 5, As formações do inconsciente;* e *Seminário 6, O desejo e sua interpretação.*

Além destes seis seminários, Dunker acrescenta os textos escritos: *Função e campo da fala e da linguagem em psicanálise; A instância da letra no inconsciente ou a razão desde Freud; O mito individual do neurótico; De uma questão preliminar a todo tratamento possível da psicose; A direção do tratamento e os princípios de seu poder.*

Poderíamos ainda acrescentar à fase do "retorno" outros seminários: *Seminário 7, A ética da psicanálise; Seminário 8, A transferência; Seminário 10, A angústia; Seminário 11, Os quatro conceitos fundamentais da psicanálise.*

Nas datas exatas do início e fim dos três períodos não há unanimidade entre os teóricos. Vou utilizar a proposta de Miller, que pode ser considerada oficial, mas é confusa.

Assim, esse primeiro Lacan parte do *Seminário 1, Os escritos técnicos de Freud,* de 1953, até o *Seminário 10, A angústia,* de 1962;

O segundo Lacan vai do *Seminário 11, Os Quatro conceitos fundamentais da Psicanálise,* 1964, até o *Seminário 19, Ou pior,* de 1971;

O terceiro vai do *Seminário 20, Mais, ainda,* de 1972, até o *Seminário 25, O momento de concluir.*

[99] Dunker, Christian Ingo Lenz. *Por que Lacan?* São Paulo, Zagodoni Editora. 2016. P.268.

No primeiro período de 10 anos, temos a sigla SIR, porque o registro do Simbólico é o que se articula com o Imaginário e o Real assumindo a primazia do nó borromeano.

Nesta primeira fase, há uma coerência perfeita desta sigla SIR, porque pelos simples títulos dos 10 seminários citados, o tema de cada um é claramente relacionado com o conceito de Simbólico, no brilhante retorno a Freud.

Eu só levantaria uma dúvida com relação ao *Seminário 9, A identificação,* porque, a meu ver, a primeira metade deste texto se encaixa perfeitamente no registro do Simbólico, seguindo a elaboração freudiana do conceito de identificação. Mas a segunda metade já está noutro registro, porque trabalha praticamente só com a topologia.

Entretanto, quando Lacan entrou no cenário da psicanálise, a *Psicologia do ego,* surgida em 1939, logo após a morte de Freud, inteiramente na contramão da segunda tópica freudiana de 1923, dominava a América do Norte e boa parte da Europa, incluída a França. Era a diáspora da psicanálise, regredindo à consciência, ao ego, ao imaginário.

Esta Escola da Psicologia do Ego surgiu de uma leitura totalmente enviesada da Segunda Tópica, de 1923, entendida como se Freud houvesse substituído o conceito de inconsciente, da primeira tópica, por uma suposta primazia do ego da consciência, reduzindo a descoberta freudiana a uma simples psicologia ou filosofia.

A prática de uma Psicologia do Ego, abolindo o inconsciente e propondo uma adaptação do sujeito ao social, não passava do lado obscuro da lua.

Ao propor então O *Seminário 1, Os escritos técnicos de Freud* (1953), Lacan marca o início de seu ensino oficial, quando se assume como freudiano, no chamado *retorno a Freud.* A partir daí, este primeiro Lacan caracterizou o registro do Simbólico de uma forma perfeita. A primeira letra da sigla SIR não ocupa esta posição por acaso ou capricho. Significa que o Simbólico tem primazia sobre o Imaginário e o Real.

Assim, do *Seminário 1* ao *Seminário 10* e dos textos dos Escritos na mesma época, todos são relativos ao retorno a Freud, da "cura pela palavra" e do "inconsciente estruturado como linguagem".

No ano de 1954, Lacan lança o *Seminário 2, O eu na teoria de Freud e na técnica da psicanálise*. A despeito da referência à técnica no título destes dois seminários, o tema deles é sobre metapsicologia, e não sobre técnica, e o título dado por Lacan é uma crítica mordaz à intrusão indevida da palavra técnica nos textos de Freud.

Nestes dois seminários, correspondentes ao início de sua fase do Simbólico, embora falando aí do Imaginário também, Lacan discorda da regulamentação da formação do analista, feita bem antes, pela IPA, no ano de 1925, justo quando acabavam de ser titulados de "técnicos" os textos citados, para justificar uma análise didática que, para ser pretensamente coerente com o conceito de "didática", teria que constar de técnicas a serem "ensinadas".

É evidente que o conceito de didática, neste caso, é totalmente indevido, porque a didática pertence ao discurso do mestre, da objetividade e da universidade, quando a grande descoberta da psicanálise consiste em fomentar a subjetividade, o inconsciente, sem fazer os juízos de valor próprios da academia.

Portanto, se a subjetividade é o avesso da objetividade e vice-versa, a didática e a associação livre são antagônicas e contrárias. Cada uma anula a outra. Assim, análise e didática são conceitos opostos, contraditórios e excludentes

Conhecedor da língua alemã e entusiasta leitor de Freud, além de uma prática psiquiátrica já marcada pelo conceito de inconsciente e de todos os conceitos correlatos de uma psicanálise profundamente pesquisada na sua origem, Lacan se escandalizava de ver a distância em que Freud estava localizado. Isso lhe proporcionou a glória que hoje lhe atribuímos com os louros do chamado primeiro Lacan.

A luta foi árdua, e a vitória foi até rápida, porque a oposição era desinformada e preguiçosa, diante de um Lacan, com uma inteligência brilhante, vasta cultura e uma fidelidade total a um Freud que já dispunha do reconhecimento universal. Seu ensino escrito e falado desta época revelou um Freud ainda mais poderoso e profundo, que elevou o reconhecimento da psicanálise como teoria e clínica ao patamar que ocupa hoje.

A meu ver, então, a teorização do primeiro Lacan vai do *Seminário 1* ao *Seminário 11,* divergindo da classificação de Miller. Faço-o porque os conceitos fundamentais, trabalhados no *Seminário 11*, são os mesmos que Freud colocou como base intocável de sua teoria, a saber, o inconsciente, a transferência, as pulsões, a repetição. Lacan aí estava no auge de seu retorno a Freud.

Todos estes 11 seminários são eminentemente freudianos. Os dois primeiros, inclusive, citam o nome de Freud no próprio título. Os demais versam sobre conceitos importantes, tão clara e indiscutivelmente trabalhados por Freud, que nem é necessário citar aqui. Enfim, a entrada de Lacan no movimento psicanalítico foi uma epifania de tal magnitude, que ninguém consegue ocupar seu lugar de segundo nome mais importante na psicanálise, só depois de Freud.

Não vou me alongar mais neste primeiro Lacan, porque quase ninguém contesta seu trono aí, pelo contrário, há quase uma unanimidade quanto a seus méritos. Afinal, defender Freud, como ele fez, e trazer contribuições valiosíssimas à teoria e prática da psicanálise, que ampliaram o conhecimento dos estudiosos do inconsciente humano, e ajudaram milhões de pessoas angustiadas em seus sofrimentos, com culpas e dúvidas sobre seu próprio desejo, sobre assumir sua independência com relação às tiranias sociais, religiosas, familiares, escolares e ideológicas, é um serviço social e pessoal cheio de humanidade.

Se Lacan tivesse mantido esta linha de fidelidade e aprofundamento da teoria e prática freudiana da Psicanálise, na minha opinião, já seria mais do que suficiente para garantir o lugar de cofundador da psicanálise junto com Freud.

# O segundo Lacan, do Real e da Topologia

O segundo Lacan iria do *Seminário 11, Os quatro conceitos fundamentais da Psicanálise*, até *o Seminário 19, Ou pior,* de 1971, segundo Miller.

Este período é conhecido como o Lacan do Real e da topologia. A sigla agora é ISR, com o Imaginário assumindo a primazia. Falar sobre o segundo Lacan vai exigir um espírito crítico delicado, mas necessário. Assumo a liberdade de fazer algumas críticas pesadas, de minha própria lavra, embora bem acompanhado de eminentes teóricos da psicanálise, como Jacques-Alain Miller, Collete Soler, Roland Chemama e Elisabeth Roudinesco. Há, sobre ele, mais polêmica do que consenso. É difícil perceber agora a coerência entre seus vários conceitos.

Portanto, numa comparação com o primeiro Lacan, há profundas contradições teóricas e interrogações. Há uma dúvida forte a respeito de encontrar fundamentação em chamar de psicanálise freudiana aquilo que é oferecido como tal, afastado da descoberta original e inédita que Freud trouxe ao pensamento humano ao questionar milênios do pensamento filosófico.

O fato de termos comentado sobre o "retorno a Freud" inicial, por parte do Lacan do Simbólico, tão brilhante e produtivo, vai agora incentivar-nos a dizer que o Lacan do Real e da topologia, no segundo, terceiro e último momentos, teria assumido uma caminhada de "afastamento" progressivo e lastimável de Freud e da psicanálise freudiana.

Não é muito fácil perceber a primazia do registro do Real nesta segunda fase, em alguns seminários. Por exemplo: o título do *Seminário 18* é: *De um discurso que não fosse semblante.* Ora, semblante é imaginário, e então o título do seminário alude a um discurso que deveria ser simbólico. Outro exemplo: no *Seminário 17, O avesso da Psicanálise,* a proposta é de que o discurso da psicanálise não seja o do mestre, o da objetividade, do imaginário, mas o da subjetividade, portanto, simbólico.

Parece que esse momento do segundo Lacan, é um misto dos registros do Imaginário e do Simbólico com novas propostas do Real.

O *Seminário 22*, não por acaso, foi intitulado de *R.S.I.* porque agora a primazia é do Real sobre os outros dois registros.

Entretanto, o *Seminário 15, O ato psicanalítico,* por exemplo, bem como o *Seminário 17, O avesso da psicanálise,* e o *Seminário 18, De um discurso que não fosse semblante,* não parecem estar muito à vontade neste grupo do Real, pois tratam de questões simbólicas. Além disso, fundamentar a clínica no registro do Real e não do Simbólico freudiano, colocando o mesmo Simbólico em segundo plano, não é, mais ou menos, o mesmo que a Psicologia do Ego já estava fazendo e dando tanto trabalho a Lacan? Me parece estranho, mas respeito.

## O Terceiro Lacan — A Psicanálise Absoluta

O período agora não iria mais do 20 ao 25, como já foi anunciado, mas do 20, *Mais, Ainda,* de 1972, ao 23, *O Sinthoma, de* 1975.

Aí Miller aponta para um possível Quarto Lacan, ou derradeiro, que compreenderia só os *Seminários 24, L'insu que sait de l'une bévue s'aile à mourre e 25, O momento de concluir, de* 1977, fazendo um só volume e último com o *Seminário 24,* ficando excluídos os três últimos que estavam anteriormente programados.

Este terceiro e/ou último Lacan, ou terceiro período, também chamado por Jacques-Alain Miller de Psicanálise Absoluta, foi pouco divulgado, cercado de mistérios, durante os últimos anos de vida do Lacan.

Resta a interrogação e curiosidade de saber como e porque foi necessário ou útil criar mais uma Psicanálise, Absoluta, com um nome assim tão pomposo e arrogante de completude, cheirando a títulos honorários das cortes reais, ou de sociedades secretas e dogmáticas, abertas só para eminentes matemáticos.

Isso aconteceu após o longo percurso rico de teoria e eficiente nas atividades clínicas, que continua sobrevivendo até hoje com uma dignidade inabalada e um nome tão singelo de "psicanálise leiga" e pública, atribuído por Freud, o fundador.

Resumindo: penso que, em vez de considerar quantos Lacans houve, podemos pensar em quantas Psicanálises diferentes existem:

1ª: Psicanálise do Simbólico, da cura pela palavra e do Inconsciente estruturado como linguagem, com Freud e Lacan de mãos dadas;

2ª: Psicanálise do Real, baseada na topologia matemática, em Lacan;

3ª: Psicanálise do Imaginário, Absoluta, de completude, em Lacan.

Até o genro de Lacan tem dificuldade de reconhecer a quantidade de contradições, ambivalências e divergências que aparecem entre estes três Lacans, nos três períodos. Cada Lacan criou uma teoria diferente e oposta, mas todas foram consideradas por ele como tendo o mesmo nome de Psicanálise.

Só para citar um primeiro exemplo, vamos ver a grande e desconhecida novidade que Miller[100] nos oferece:

> A Psicanálise, tal como ela aparece no último ensino de Lacan, qualifiquei-a ontem como Psicanálise absoluta. É preciso ouvir nisso, por exemplo, que ela não se assemelha em nada ao que havia surgido até então; é a psicanálise "sem igual".
>
> Inventei essa expressão porque tinha de falar sobre a psicanálise e suas conexões. Psychoanalysis and co, se assim posso dizer.
>
> [...] Não insisti excessivamente sobre o absoluto da psicanálise para não jogar um balde de água fria. Propus até, por espírito de conciliação, que a psicanálise como companhia e a psicanálise absoluta eram dois pontos de vista que podiam coexistir.
>
> Mas, quando seguimos o ensino de Lacan, há uma trajetória que conduz a esse isolamento da psicanálise (Miller, pág. 150).

Mas, qual é a base teórica da Psicanálise absoluta?

[100] Miller, Jacques-Alain. Opus cit. 2010, p. 150.

*Teoria dos jogos e, acrescento, teoria dos grafos, aos quais Lacan chegou, partindo, talvez, da cibernética que, nesta época, era muito popular [...]. Aliás, parece ter sido inspirado não somente na cibernética, mas também — é minha ideia -nas montagens elétricas, cujo conceito de resistência o havia atraído, já que o problema da resistência é próprio à eletricidade (Miller, pág. 152).*

*Eu mesmo cheguei a dizer que essa psicanálise absoluta era, simultaneamente, viúva e órfã, e acrescentei: estéril. [...] Portanto, o derradeiro ensino de Lacan mantém-se nessa margem em que se observa a potência destrutiva da psicanálise, que é também um fechamento para aqueles que possuem sua prática (Miller, pág. 153).*

Entretanto, outras questões mais inquietantes, por exemplo, as questões do real, do inconsciente, do sentido, da transferência e da interpretação vão ser comentadas também por Miller:

O *Inconsciente real* é o título da primeira lição do livro que estamos comentando (Miller, pág. 9). [...]. *"Só há real naquilo que exclui toda espécie de sentido". Ideia que é exatamente o contrário de nossa prática* (Miller, pág. 158).

*Então, com relação à interpretação, o que colocamos em seu lugar? É divertido o fato de Lacan ter examinado a possibilidade de não ser nada além de um efeito de sugestão [...]. Aliás, a transferência é, sem dúvida, a grande ausente desse derradeiro ensino, pelo menos nos seminários 23 e 24 (Miller, pág. 146).*

Agora o derradeiro Lacan não corresponde mais aos seminários 24 e 25, como afirmado antes, mas aos 23, sobre Joyce, e 24, cujo título é um calembour em homenagem a James Joyce, o que poderia sugerir o título de 'Lacan Joyciano' a este quarto período.

*O que não é desenvolvido na teoria borromeana é precisamente o lugar, o estatuto, a função da interpretação. E, para ir além, o que advém, equivocado, é o próprio estatuto daquilo sobre o que a interpretação aportou, em toda sua generalidade, a saber, o inconsciente (Miller, pág. 169).*

*Não me parece excessivo dizer que todo o derradeiro ensino de Lacan é trabalhado por uma dificuldade concernente à linguagem e, mais exatamente, à fala. Isso contrasta com todo o início do ensino de Lacan, em que, pelo contrário, o conceito de fala é central [...]. Essa dificuldade relativa à fala, podemos situá-la precisamente a partir do uso do nó borromeano, na medida em que ele é uma escrita (Miller, pág. 171).*

Por onde estamos caminhando? Estamos no momento em que Lacan produz um seminário extremamente impactante, controvertido, talvez sua última contribuição fértil que, apesar de tudo, conseguiu balançar o já atormentado cérebro do todos os lacanianos no mundo inteiro, obrigados a fazer mais um esforço hercúleo para tentar entender mais uma proeza do incansável mestre.

Trata-se do *Seminário 23, o sinthoma,* de 1975, literalmente um pesadelo, apesar da bela história de James Joyce, criador de um estilo literário inédito que não nos dá descanso.

A epifania de James Joyce, quando entra em cena, sacudiu os escritores e literatos do mundo inteiro, pela criatividade de uma produção nunca antes vista, compelindo os admiradores curiosos por este gigante da escrita, para tirar daí todo o prazer que a arte pode nos proporcionar.

Por motivos diferentes, mas não menos urgentes, os psicanalistas, em geral, e os lacanianos especialmente, voltaram sua atenção para outra finalidade, para estudar o psiquismo desta personalidade instigante, para tentar localizar a estrutura psíquica de James Joyce e estabelecer um "diagnóstico" deste homem aparentemente diferente de todos. E só um analista tipo Lacan poderia assumir esta empreitada.

O frenesi causado por Joyce entre os escritores e literatos do mundo inteiro, causou também um terremoto no movimento psicanalítico mundial, sacudindo as discussões, nestes últimos anos, de modo especial no Brasil.

Depois que o *Seminário 3*, sobre as psicoses, nos encantou a todos, dando-nos total confiança na elaboração afinada e uníssona de Freud e do primeiro Lacan, que nos fez saber de cor tudo sobre a psicose, principalmente o conceito de forclusão, escrito em maiúsculas pela dupla fundadora, com total coerência, lógica, clareza e facilidade de compreensão, estávamos tranquilos, durante vinte anos.

Aí vem a surpresa ou a decepção, que casou a querela de Lacan-Joyce.

Lacan percebeu a tremenda importância de Joyce na literatura e na cultura, além de uma dificuldade extrema, de um tema que era inédito e de uma insegurança de encaixar Joyce dentro de algum padrão clínico já conhecido. Joyce teve uma linguagem rica e aparentemente fora dos códigos.

Com muitos livros publicados, alguns já comentados aqui, a maioria considerada normal, no sentido de legível, mas com algumas características fora do consensual. O grande problema, ou será a grande surpresa, é com relação ao último livro, chamado *Finnegans Wake*, considerado totalmente ilegível, além de intraduzível e incompreensível, fora de todos os padrões literários até então. Lacan se propôs a explicar tudo, através de um seminário anual, número 23, com o título de *O sinthoma*, iniciado em 1975.

No geral, o estilo de Joyce inaugurou algo que, em detalhes, já se encontra parcialmente hoje, e possivelmente por influência dele, que é a ausência de pontuação, da vírgula e ponto, fazendo os parágrafos ficarem longos. Em Joyce, aparecem também palavras compridas demais, compostas, sequências de vogais ou consoantes, de números, de pautas com notas musicais, de palavras enormes de várias linhas, enfim, uma liberdade total e criativa que não facilita a compreensão. Há momentos em que se pensa, equivocadamente, que é a escrita de um esquizofrênico.

Lacan pensou tratar-se de neologismos intraduzíveis, mas sua percepção de neologismos não se comprovou neste caso, na minha opinião, como veremos adiante. Os tradutores de *Finnegans* concordam que escrevem um outro livro, simplesmente inspirados naquilo que conseguem ler. Basta ler duas traduções diferentes para se notar que elas mais parecem dois bicudos que não se beijam.

O *Finnegans* ainda tem mais uma característica que consiste em ser escrito quase todo em forma de calembures. Este foi o motivo pelo qual escrevi, no início deste livro, uma parte onde falava das estruturas de linguagem em sua correspondência com as estruturas clínicas. Insisti em esclarecer o conceito de calembur, tão pouco comentado entre os psicanalistas, mas fundamental e esclarecedor em nossas discussões aqui sobre James Joyce. Aos poucos chegaremos lá.

E tem mais. Qual é o conteúdo de *Finnegans?* O autor relata os sonhos de pessoas do mundo inteiro, em línguas diferentes, porque ele conhecia mais de sessenta idiomas, em culturas diferentes. E como já foi explicado, ele não escrevia a grafia correspondente, mas escrevia o som da língua original na grafia de outra língua no texto. Dificílimo? Sim, mas não de todo impossível. Como são sílabas de uma língua conectadas com sílabas de outra língua, basta conhecer a fonia mais que a grafia destas línguas para poder recuperar o sentido original.

Este é o quadro genial em discussão. É a causa da grande querela psicanalítica. O responsável por todo este bate-boca é o próprio Lacan. Escreveu o seminário numa linguagem equívoca, em cima do muro, sem assumir claramente uma posição na ambiguidade, e fazendo perguntas sem resposta, deixando que os leitores decidam.

Assim, Lacan induziu um público psicanalítico enorme, a concluir, com os argumentos fortes do mestre francês, que Joyce era psicótico. Lacan nunca afirmou isto explicitamente. Mas, fez uma pergunta que embaralhou as coisas. Pergunta: *Joyce era louco?* Não respondeu e deixou os ouvintes perplexos, porque ele se dirigia a James Joyce, fazendo muitas referências a conceitos psicanalíticos consagrados como comprovação de que se aplicavam à psicose. Ao mesmo tempo, Lacan não assumia uma posição pessoal. Só aludia e insinuava.

A recente tradução do livro de Colette Soler, *"Lacan, leitor de Joyce"* (2018), também veio provocar grande polêmica, além de trazer excelentes esclarecimentos sobre o já discutido e misterioso escritor irlandês, retratado no *Seminário 23*. A psicanalista Soler foi membro da antiga Escola dissolvida por Lacan em 1980 e participou do surgimento dos Fóruns do Campo Lacaniano e da Escola Internacional de Psicanálise.

Sua tese principal é de que a grande maioria dos analistas e teóricos lacanianos foram induzidos ao erro, ao concluir que Joyce era um psicótico. Ainda no prefácio do livro, é dito pela autora[101] que serão necessários *outros cem anos para o estudo dos pontos novos apontados a partir da leitura feita por Lacan da obra joyciana. Não há nele a proposta de novas estruturas ou a abolição de alguma delas.*

Isto é: a loucura não é uma estrutura clínica.

Agora, uma revelação importante e inesperada:

*Lacan não emprega o termo "psicose" nesse seminário. Ele somente se perguntou se Joyce era louco, mas o louco e o psicótico não são um só.*

Mais adiante, Soler questiona a argumentação de Lacan sobre a carência do Pai, em Joyce[102]. No *seminário 23*, Lacan tinha afirmado: *"seu pai jamais foi um pai para ele. Que não apenas nada lhe ensinou, como foi negligente em quase tudo, exceto em confiá-lo aos bons padres jesuítas".*

Isto é uma contradição, porque foi justo neste colégio que Joyce adquiriu sua inestimável cultura literária. Em outro lugar Lacan critica este pai pelo fato de que bebia. E daí? Algum irlandês deixaria de beber seu incomparável *whisky*?

## Televisão

Em 1974, num programa de televisão francesa, portanto um ano antes do *Seminário 23*, de 1975, Lacan[103], constrói um de seus mais

---

[101] Soler, Colette. Opus. Cit. 2018, ps. 8, 11, 78, 86.

[102] Lacan, Jacques. Opus cit. 2007. P. 86.

[103] Lacan, Jacques. *Televisão.* Antônio Quinet (trad.): Rio de Janeiro, Jorge Zahar Editor, 1993. p.70.

famosos aforismos sobre as mulheres: *"Assim, o universal do que elas desejam é loucura: todas as mulheres são loucas, como se diz. É justamente por isso que elas não são todas, isto é, não loucas-de-todo".*

Nesta citação, Lacan defende uma loucura sem psicose, sem desenodamento dos nós, sem fabricação do quarto nó, sem *sinthoma*, sem prótese, sem suplência, sem Pai-do-Nome, e sem surto. Legal, não?

## No Seminário 20

Lacan[104] embaralha ainda mais a querela diagnóstica sobre Joyce, três anos antes do *Seminário 23*, isto é, no *Seminário 20*, quando diz:

> *O que é que se passa em Joyce? O significante vem rechear o significado. É pelo fato de os significantes se embutirem, se comporem, se engavetarem — leiam Finnegans Wake — que se produz algo que, como significado, pode parecer enigmático, mas que é mesmo o que há de mais próximo daquilo que nós analistas, graças ao discurso analítico, temos de ler — o lapso. É a título de lapso que aquilo significa alguma coisa, quer dizer, que aquilo pode ser lido de uma infinidade de maneiras diferentes. [...] Mas esta dimensão do ler-se, não é ela suficiente para mostrar que estamos no registro do discurso analítico?*

É importante destacar a afirmação acima sobre o lapso, a figura de linguagem que Joyce utilizava, segundo a declaração de Lacan, acima. Ora, o lapso, ou ato falho, é uma das figuras de linguagem próprias da neurose e que tem inequívoca relação com o inconsciente. Além disso, comparar a escrita de Joyce com a fala do analista é um elogio tanto para Joyce quanto para os analistas.

E no *Seminário 23*, Lacan[105] diz: *Ser louco não é um privilégio. O que proponho aqui é considerar o caso de Joyce como respondendo a um modo de suprir um desenodamento do nó.*

[104] Lacan, Jacques, *Seminário 20, Mais ainda*. M. D. Magno (trad.): Rio de Janeiro, Zahar Editores, 1982. P.51.
[105] Lacan, Jacques. Opus cit. 2007. P. 85.

Nestas duas últimas citações, podemos sentir-nos autorizados por Lacan a concluir que Joyce era neurótico, ou que era psicótico, tanto faz. Há argumentos fortes para as duas proposições. Mas são conclusões contraditórias, provocadas por Lacan.

O título do *Seminário 24, L'insu que sait de l'une-bévue s'aile à mourre*, é totalmente inspirado na homofonia translinguística de Joyce, é um calembur, tendo recebido de Christian Dunker[106] uma brilhante tradução: *o insucesso do inconsciente é o amor*.

Afinal, Joyce era psicótico ou neurótico? Essa é a querela que envolve os dois seminários: *Seminário 3, As psicoses* e, vinte anos depois, o *Seminário 23, O sinthoma*. Este último é o avesso do primeiro. Entre os dois, só contradições do Lacan consigo mesmo.

[106] Dunker, Christian Ingo Lenz. Opus cit. 2016. P. 270.

CAPÍTULO IX

# Alíngua, lalíngua ou lalinglesa

No *Seminário 23*, Lacan explora o conceito de alíngua, ou lalíngua, curiosamente dentro da perspectiva joyciana. Neste caso específico, o mestre cria mais um neologismo: *lalinglesa [lalanglaise]*. É uma clara referência à língua inglesa e ao uso que James Joyce fez dela. E criando este neologismo, Lacan está imitando o estilo do *Finnegans Wake*, onde James Joyce cria uma língua nova.

Assim diz Lacan[107]:

> *"Isso supõe ou implica que escolhamos falar a língua que efetivamente falamos. Com efeito, apenas imaginamos que a escolhemos. E o que resolve a coisa é que, no final das contas, criamos essa língua. Isso não está reservado às frases em que a língua se cria. Criamos uma língua na medida em que a todo instante damos um sentido, uma mãozinha, sem isso a língua não seria viva. Ela é viva porque a criamos em cada instante. É por isso que não há inconsciente coletivo. Há apenas inconscientes particulares, na medida em que cada um, a cada instante, dá uma mãozinha à língua que ele fala".*

Inútil procurar este verbete de alíngua nos melhores Dicionários ou Vocabulários de Psicanálise, mesmo lacanianos. Mas é fácil encontrar comentários sobre ele em vários autores de clara referência à formação lacaniana, apesar da pouca concordância entre eles e da obscuridade em alguns de seus esclarecimentos. É melhor pesquisar no autor original.

O nascimento deste conceito já é atípico. Surgiu em 1971, quando Lacan fez uma referência ao autor do Vocabulário de Filosofia, André

---

[107] Lacan, Jacques. Opus cit. 2007. P. 129.

Lalande. Segundo Roudinesco[108], Lacan teria feito um chiste, em forma de trocadilho: *lalangue* por Lalande. A partir daí, buscou dar um significado a este novo significante, traduzido em português por *alíngua* e, às vezes, *por lalíngua*.

Após o chiste, Lacan fez uma associação livre esclarecedora: de Lalande para *lá,lá,lá*, lalação, ou os balbucios que o bebê começa a pronunciar, incentivado pela mãe nos acalantos, nas canções de ninar.

É a mãe ensinando o bebê a falar, usando só vogais ou sílabas que têm um significado que só os dois entendem. Daí chamar-se a *alíngua* de língua materna, das primeiríssimas inserções do bebê na linguagem humana. O momento teórico de Lacan é de quando desenvolvia o conceito de Real, nos últimos seminários.

Este prefixo *a* foi utilizado também em *apalavra* e em *acoisa*. É uma referência ao '*objeto a*', o objeto causa do desejo.

No período anterior, década de 50 e 60, da época do Simbólico, o famoso texto de Lacan "*Função e campo da fala e da linguagem em psicanálise*", levantou uma discussão sobre esta tradução, porque constava, no original[109]: "*Fonction et champ de la parole et du langage en psychanalyse*". O problema é o fato de que o verbete *parole* (palavra) foi traduzido por *fala*, o que já nos coloca em boa indagação.

Neste e muitos outros textos lacanianos, encontramos referências insistentes a estes significantes: linguagem, língua, fala ou palavra, e alíngua. Sendo que a fala é também dividida em fala vazia e fala plena. Vejamos cada um deles.

LINGUAGEM. Para Lacan, a linguagem só não serve para comunicação, já que emprega palavras enganosas e ambíguas. Ele apresenta como prova a história do famoso presente de grego, o Cavalo de Troia[110]:

---

[108] Roudinesco, Elisabeth. *História da Psicanálise na França*. Vera Ribeiro (trad.): Rio de Janeiro, Jorge Zahar Editor, 1988. P. 622.
[109] Lacan, Jacques. *Fonction et champ de la parole et du langage en psychanalyse*. Paris, Éditions du Seuil. 1966. P. 237.
[110] Lacan, Jacques. *Escritos. Função e campo da fala e da linguagem em psicanálise*. Vera Ribeiro (trad.): Rio de Janeiro, Jorge Zahar Editor. 1998. P.273.

*"já que a lei do homem é a lei da linguagem, desde que as primeiras palavras de reconhecimento presidiram os primeiros dons, tendo sido preciso haver os detestáveis daneses, que vinham e fugiam pelo mar, para que os homens aprendessem a temer as palavras enganosas com os dons sem fé".*

Nem os linguistas conseguiram explicar como surgiu a linguagem. Mas evidenciam que ela tem alcance universal, e é característica de todo ser falante.

LÍNGUA. A língua indica a maneira específica como a linguagem opera numa determinada comunidade humana, em um país ou região geográfica. É a linguagem falada.

A FALA, OU PALAVRA. É específica de cada pessoa. Há uma nuance entre os dois conceitos, sendo que a palavra é mais característica das gramáticas, dos dicionários, vocabulários, enciclopédias e livros. Já a fala é mais falada do que escrita.

Na psicanálise lacaniana, a palavra vazia ou verbalismo, quando se fala para o 'outro', é um muro entre a linguagem e a outra fala, no dizer de Lacan[111]: *"Há aí um muro de linguagem que se opõe à fala, e as precauções contra o verbalismo, que são um tema do discurso do homem 'normal' de nossa cultura".*

Já a palavra plena é aquela em que o ser humano se subjetiva, falando mais para o 'Outro' de si mesmo do que para os outros de fora. É a fala própria do analisante, sob efeito da transferência, quando o inconsciente se abre a novo significado.

A ALÍNGUA. Este conceito foi intuído e desenvolvido por Freud[112], ao falar das brincadeiras das crianças. Ele relata que assistia à brincadeira de seu neto de um ano e meio, que amarava um carretel de madeira

---

[111] Lacan, Jaques, opus cit.1998. P. 283.
[112] Freud, Sigmund. *Obras Completas. Além do princípio do prazer, vol. XVIII.* Jayme Salomão (trad.): Rio de Janeiro, Imago Editora, 1976, ps. 25, 26.

num barbante, jogava longe o carretel, dizendo, várias vezes, a vogal "*o-o-o-ó*" (*foi*), e recolhendo-o de volta, dizendo "*da*" (*voltou*).

A interpretação era de que o garoto sentia a ausência da mãe, representada pelo carretel distante, ao mesmo tempo em que desejava que ela retornasse (*Fort, Da*). O que significa que o neto estava vivenciado a própria castração, e começando a falar só em vogais, sem significado verificável, por falta de associações, mas já era a manifestação da alíngua. Os familiares próximos conseguem atribuir e entender o significado latente desta fala que é praticamente pré-verbal, já que não são palavras completas registradas oficialmente e reconhecidas pelos filólogos .

Teoricamente, Freud se contradisse aí, porque, em outros momentos, ele defendia que a castração e complexo de Édipo só ocorriam por volta dos cinco anos. Mas o surgimento da fala é prova de que o falar já denuncia uma perda que se recupera pela fala.

As vogais, em princípio, são sons musicais que nada significam, a não ser quando acompanhados de consoantes (com soantes), quando surgem sílabas e palavras. Na gramática, a palavra é um paradigma que só se torna um discurso quando acoplada ao sintagma, o verbo, que indica uma ação.

O Simbólico, cuja etimologia grega é *sym (com)* e *ballein (jogar)*, significa que se liga uma palavra com uma coisa que ela representa. É juntar um som de vogais com outros sons das consoantes, que poderão ter significados polissêmicos.

Então, a alíngua é este momento inicial da linguagem de vogais, enquanto as cordas vocais da criança não se desenvolveram o suficiente para articular as consoantes, ou já articulando algumas sílabas isoladas, que ainda não constituem uma palavra registrada no dicionário. Tudo isso está em Freud, mas quem batizou de alíngua foi Lacan.

O entendimento deste conceito vai se fazendo aos poucos, no somatório das dicas que nos oferece Lacan, partindo do princípio de que, quanto á alíngua, conhecemos, sim, sua origem. Mas não vamos encontrá-la nos dicionários, porque é privativa da dupla nenê-mãe ou da intimidade dos amantes.

Esta consideração induz a pensar que enquanto o conceito de fala (vazia) fica reservado para a linguística, a *alíngua* é o novo nome de *fala plena*. Outra citação corrobora isto[113]:

> (...) não há inconsciente senão do dito. Só podemos tratar do inconsciente a partir do dito, e do dito pelo analisando. Isto, é um dizer. (...) O que eu adiantava, ao escrever alíngua, numa só palavra, era aquilo pelo que eu me distingo do estruturalismo, na medida em que ele integraria a linguagem à semiologia. (...) é bem de uma subordinação do signo para com o significante que se trata em tudo que adiantei.
>
> Alíngua serve para coisas inteiramente diferentes da comunicação. É o que a experiência do inconsciente mostrou, no que ele é feito de alíngua, essa alíngua que vocês sabem que eu a escrevo numa só palavra, para designar o que é a ocupação de cada um de nós, alíngua dita materna, e não por nada dita assim. (...) A linguagem, sem dúvida, é feita de alíngua. É uma elucubração de saber sobre alíngua. Mas o inconsciente é um saber, um saber-fazer com alíngua. E o que se sabe fazer com alíngua ultrapassa de muito o de que podemos dar conta a título de linguagem. (...) A linguagem nos afeta primeiro por tudo o que ela comporta como efeitos que são afetos. Se se pode dizer que o inconsciente é estruturado como uma linguagem, é no que os efeitos de alíngua, que já estão lá como saber, vão bem além de tudo que o ser que fala é suscetível de enunciar.

Assim, outra característica interessante citada acima é que no processo analítico, em decorrência das associações livres do analisante, pode surgir alguma lembrança desta alíngua dos tempos bem primitivos, que adquire novos significados atuais.

---

[113] Lacan, Jacques. *O Seminário 20, Mais, ainda.* M.D. Magno (trad.): Rio de Janeiro, Zahar Editores. 1982. P.136. 137. 188. 190.

Em *Outros Escritos,* Lacan esclarece:[114]

> *Esse dizer provém apenas do fato de que o inconsciente, por ser 'estruturado como uma linguagem', isto é, como a lalíngua que ele habita, está sujeito à equivocidade pela qual cada uma delas se distingue.*

Segundo Nasio[115],

> *(...) a língua materna, essa língua falada pela mãe, é a língua da pele, de tudo o que é relativo ao corpo: numa palavra, do gozo. Lacan escreve 'alíngua' para sublinhar o quanto o inconsciente se manifesta numa língua e o quanto é a partir dessas manifestações que a teoria analítica supõe um inconsciente estruturado como uma linguagem. (...) Trata-se da alíngua com que me fala um dado paciente. (...) A alíngua é algo que se mama, é a parte materna e gozosa da língua. (...) Assim, alíngua em que o inconsciente produz seus efeitos é uma língua ligada ao corpo.*

A partir destas formulações, alguns lacanianos passaram a falar de uma "Clínica do Real". Freud já havia feito referência a isto quando afirmou que o limite da análise era a "rocha da castração" (o real) e que, portanto, a análise seria, potencialmente, infinita. Lacan avançou, apontando para a possibilidade do fim de análise, ultrapassando a rocha da castração. Para tanto, cunhou outro conceito, o do passe.

Segundo Márcio Peter de Souza Leite[116], nesta perspectiva, o analista deixou de ocupar o lugar do Outro,

> *para situar-se numa posição equivalente à de "objeto causa do desejo" ou "objeto pequeno a". (...) Nesse novo modelo da interpretação, a era chamada "pós-interpretativa", o analista não se orienta exclusivamente*

[114] Lacan, Jacques. *Outros Escritos. O aturdito.* Vera Ribeiro (trad.): Rio de Janeiro, Jorge Zahar Editor. 2003. P.492.
[115] Nasio, Juan-David. Opus cit. 1993. Ps. 54, 55.
[116] Leite, Márcio Peter de Souza. *Psicanálise Lacaniana.* São Paulo, Editora Iluminuras. 2000. P.116.

*pelo sentido do sintoma, mas pelo efeito da incidência do Real no*
*significante, pelo que Lacan chamou de Sinthome.*

A nova grafia de Sinthome (além do sintoma) alude a uma 'suplência' do Nome-do-pai, que seria um quarto nó amarrando os outros três, para evitar o desencadeamento da psicose, como teria sido o caso de James Joyce que, segundo Lacan, criou o Pai-do-Nome, com sua escrita, restaurando o anel do Imaginário que havia escapado.

O dicionarista francês Roland Chemama[117] assim comenta:

> *É por isso que, em termos metafóricos e com contradições, Lacan criou o termo de* sinthoma *para designar o quarto círculo do nó borromeano, e para significar que o sintoma deve 'cair', segundo sua etimologia, e que o* sinthoma *(antiga grafia de sintoma) é aquilo que não cai, mas que se modifica para que seja possível o gozo, o desejo (tradução nossa).*

Para concluir, Lacan[118] reconhece que Freud o antecipou nessas articulações: *Assim, já vemos que se trata de um modo de elevar o próprio sinthoma ao segundo grau. É na medida em que Freud fez verdadeiramente uma descoberta — supondo-se que essa descoberta seja verdadeira — que podemos dizer que o real é minha resposta sintomática.*

O que tem a ver o conceito psicanalítico de lalíngua com as articulações da questão Joyciana? Poderíamos quase afirmar que foi Joyce quem descobriu este conceito ou esse método de falar sem articulação gráfica de palavras de uma língua dada, mas só com sons de vogais ou letras de várias línguas.

Assim sendo, lalíngua não e´ só para os bebês e suas mães, é para adultos também, como propôs Joyce em *Finnegans. É* uma emissão de sons não registrados em verbetes de dicionários, criados pelo sujeito

---

[117] Chemama, Roland. *Dictionaire de la Psychanalyse,* Paris, Larousse, 1993. P.283.
[118] Lacan, Jacques, Opus cit. 2007, p. 128.

falante, cujo significado é conhecido só por ele e por um receptor especial, e mais ninguém.

No caso de *Finnegans*, Joyce amplia a alíngua para qualquer emissor e receptor de qualquer idade, conhecido ou não, com a única condição de que tenha uma boa audição para identificar os sons, identificar as várias línguas em que os sons são emitidos e, mais ainda, tentar interpretar os sonhos que são uma realização de desejos inconscientes, já que o livro em questão só relata sonhos e, ainda por cima, em forma de calembures. Durma-se com um barulho desses. Serão suficientes só trezentos anos para destrinchar?

## CAPÍTULO X

# Joyce psicótico, neurótico ou perverso?

Encontramos aí, neste texto de 1975, o *Seminário 23*, uma grande e rica discussão, típica da fase do Real, em que o Lacan da Topologia faz suas maiores provocações estonteadoras para todos nós.

Vou reproduzir aqui a apresentação oficial, contracapa final do Seminário, feita pelo coautor dos seminários, pela pessoa mais autorizada para isso, o próprio genro de Lacan[119]: (*Seminário 23: o sinthoma*, 2007):

> *"Por dez vezes um senhor de cabelo branco aparece no palco. Por dez vezes respira e suspira. Por dez vezes desenha lentamente estranhos arabescos multicoloridos que se enodam entre si e aos meandros e volutas de sua fala alternadamente emaranhada e solta. Há uma multidão a contemplar medusada o homem-enigma e a receber o 'ipse dixit', aguardando uma iluminação que se faz esperar.*
>
> *'Non lucet', falta luz lá dentro, e os Théodore procuram fósforos. Entretanto, ruminam, 'cuicunque in sua arte perito credendum est', quem provou ser hábil em seu ofício merece crédito. A partir de que ponto alguém se torna louco? O próprio mestre coloca a questão.*
>
> *Isso era antigamente. Eram os mistérios de Paris há trinta anos.*
>
> *Assim como Dante pegando a mão de Virgílio para avançar pelos círculos do Inferno, Lacan pegava a de James Joyce, o ilegível irlandês e, seguindo esse franzino Comandante dos Incrédulos, entrava com um passo pesado e titubeante na zona incandescente onde ardem e se distorcem mulheres-sintomas e homens-devastações.*
>
> *Uma trupe equívoca assistia aos trancos e barrancos: seu genro, um escritor desgrenhado, então jovem e igualmente ilegível; dois*

---

[119] Lacan, Jacques. Opus cit. 2007. Contracapa.

*matemáticos dialogantes; e um professor lionês comprovando a seriedade daquilo tudo. Alguma Pasifae discreta zanzava atrás das cortinas.*

*Riam, meus caros! Por favor. Zombem! Nossa ilusão cômica está aí para isso. Assim, não saberão nada do que se desenrola aos seus olhos arregalados: o questionamento mais meditado, mais lúcido, mais intrépido da arte sem similar que Freud inventou, e que conhecemos sob o pseudônimo de psicanálise. Jacques-Alain Miller".*

A primeira observação que faço é que este seminário pode ser considerado como o avesso de outro seminário já comentado aqui, que é o *Seminário 3*, sobre as psicoses, de 1955, do primeiro Lacan, do Simbólico e do retorno a Freud. Passados exatos vinte anos, em 1975, com o *Seminário 23*, do segundo Lacan, do Real, encontramos um Lacan totalmente diferente do primeiro, que suscita controvérsias de todo tipo.

É que agora temos um Lacan muito oposto, com ideias novas e inéditas, do chamado Lacan dos nós borromeanos[120]. O que são estes nós? O Dicionário de Psicanálise da Elisabeth Roudinesco nos dá a seguinte definição, clara e precisa:

*Expressão introduzida por Jacques Lacan, em 1972, para designar as figuras topológicas (ou nós trançados) destinadas a traduzir a trilogia do simbólico, do imaginário e do real, (S. I.R), repensada em termos de real/simbólico/imaginário (R.S.I.) e, portanto, em função da primazia do real (isto é, da psicose) em relação aos outros dois elementos.*

Nesta citação, é interessante ressalvar que Roudinesco, na última frase, quando se refere à primazia do real, acrescenta: *(isto é, da psicose)*. Retomaremos isto mais adiante.

Este é o momento exato que separa os dois Lacans: mudando a primazia do Simbólico pela primazia do Real. Isto acarreta uma

---

[120] Roudinesco, Elisabeth e Plon, Michel. *Dicionário de Psicanálise*. Vera Ribeiro (trad.): Rio de Janeiro. Jorge Zahar Editor. 1998. P.541.

mudança profunda da teoria da psicanálise, para Lacan, nos conceitos e na clínica. É o que afirma Ricardo Goldenberg[121] em *Desler Lacan*: "*Se preferirem o ultimíssimo — aquele da segunda clínica, que teria elevado o real em detrimento do simbólico...*"

'O nó borromeano refere-se à ilustre família da dinastia milanesa, a família Borromeo, em cujas armas havia três anéis em forma de trevo, simbolizando a tríplice aliança. Estes anéis eram ligados de tal maneira que, retirando-se um deles, os outros dois se soltavam também. Eles correspondiam a três ramos da família.

Em 1975, ano do *Seminário 23*, Lacan acrescentou um quarto nó, que chamou de *santhomem,* (santo homem), referência a Santo Tomás de Aquino, alusão á admiração de James Joyce por este teólogo. E assim, Lacan passa a escrever *sinthôme,* combinando a forma *symptôme* e *homme,* em homenagem ao *Finnegans Wake,* de James Joyce, porque Lacan queria designar o "sintoma de Joyce" que era a criatividade, a "epifania" ou êxtase místico, e da teoria de Santo Tomás de Aquino, "santo homem".

Uma curiosidade muito significativa: para que a presença excessiva de tantos nós borromeanos, tantos grafos, tantas figuras topológicas? Freud tinha um raciocínio interessante: que quando havia algum excesso, era indício de que havia também uma falta, uma falha.

É um grande pensamento incluído num dos menores textos freudianos, de apenas duas páginas, escrito em 1922, com o título de *A cabeça da Medusa*[122], que teve a cabeça decapitada:

*"É assim um terror de castração ligado à visão de alguma coisa". Além disso, os cabelos na cabeça da Medusa são frequentemente representados, nas obras de arte, sob a forma de serpentes e, estas, mais uma vez, derivam-se do complexo de castração.*

---

[121] Goldenberg, Ricardo. *Desler Lacan*. São Paulo. Instituto Langage. 2018. P. 245.
[122] Freud, Sigmund. *Obras Completas, A cabeça da Medusa*. Vol. XVIII. Jayme Salomão (trad.): Rio de Janeiro, Imago Editora. 1976. P.329.

A intrigante pergunta de Roudinesco[123] agora é: será que Lacan estava mesmo seguro desta psicanálise de tantos nós? Ele ainda estava bem de cabeça, dois anos antes de morrer?

> *Em 1979, afetado por distúrbios cerebrais, Lacan tornou-se afásico a ponto de não mais conseguir exprimir-se a não ser pela exibição de seus jogos topológicos, dos quais participava um grupo de jovens matemáticos franceses de alto nível, empolgados com os derradeiros momentos de inspiração de um mestre atormentado.*

Joyce era psicótico? A enorme quantidade de conceitos relacionados com a psicose, já citados, justo no seminário dedicado a James Joyce, não deixa dúvida de que qualquer leitor ficaria convencido com este diagnóstico.

Joyce era neurótico? Também já foram mostrados depoimentos de Lacan, ainda mais contundentes, de que o que Joyce fez era a mesma coisa que nós analistas fazemos: trabalhar com os significantes, de tal maneira que deles possamos fazer surgir novos significados. Então, podemos pensar que ele era neurótico.

Joyce era perverso? Lacan[124] responde:

> *Aliás, isso leva a pensar que, se Joyce era tão interessado pela perversão, talvez fosse devido a outra coisa. Talvez, depois de tudo, da surra, isso lhe causasse repulsa. Não era, talvez, um verdadeiro perverso.*

Joyce era louco? Este foi o título do capítulo V *Seminário 23*. Essa Lacan não respondeu, mas a maioria de seus leitores concorda plenamente e admira a loucura de Joyce, no sentido de uma criatividade incrível na arte de escrever, pela quantidade de línguas que ele aprendeu, pela curiosidade e admiração de multidões de seguidores.

---

[123] Roudinesco, Elisabeth e Plon, Michel. Opus cit. 1998. P. 541
[124] Lacan, Jacques. Opus cit. 2017. P. 147. .

Visto que loucura não é sinônimo de psicose, ninguém precisa duvidar de que ele era muito louco, no melhor sentido de muito criativo, e um excelente neurótico também, artífice ímpar do Simbólico.

É incômodo pensar que Lacan levantou estas quatro perguntas, argumentou sobre todas elas, mas não se posicionou claramente por nenhuma delas, deixando a nós a responsabilidade de escolher a nosso bel prazer. É o que estou tentando fazer, da minha parte.

O novo conceito de 'Pai do Nome', construído pelo ego, a meu ver, pode ser comparado à chamada 'gazua', ou chave falsa, que abre qualquer porta. Senão, vejamos:

Se o Pai do Nome é uma suplência ou prótese do Nome-do-Pai, significa que faltava este último, segundo Lacan. Logo, Joyce seria psicótico.

Se o Pai do Nome foi criado pelo Ego imaginário e não pela castração simbólica, significa que houve a inversão do Simbólico pelo Imaginário, mecanismo da perversão, segundo Lacan. Esta Lei, que Lacan enaltecia brilhantemente como sinônimo de cultura e de linguagem, passa a ser criada pelo capricho pessoal de um ego imaginário. Logo, Joyce era perverso.

Se o Pai do Nome tem o mesmo valor do Nome do Pai, segundo Lacan, então Joyce é neurótico. Alguma dúvida?

CAPÍTULO XI

# O conceito inacabado de psicose

A querela que tentamos elaborar, neste livro, envolve a discussão do conceito de psicose, ponto alto do confronto de Freud com Lacan, do primeiro Lacan com o segundo e terceiro, consigo mesmo, e de Lacan com a história de Joyce, causadora de muita perplexidade entre os teóricos e os amantes da Psicanálise.

Parece que a psicanálise ainda não colocou um claro ponto final na definição desta estrutura clínica, não tendo conseguido ainda uma enunciação bastante clara do conceito que, inclusive, fez o próprio Freud acreditar que os psicóticos não conseguiriam desenvolver uma transferência analítica.

Temos duas teorias psicanalíticas conflitantes sobre a psicose:

a) a primeira, do próprio Freud e do primeiro Lacan, baseada no conceito de forclusão do Nome-do-Pai, na rejeição da Lei, portanto, numa evidente clínica ancorada no Simbólico que está faltante;

b) a segunda é totalmente conflitante com a primeira, do chamado segundo Lacan, de uma clínica do Real, fundamentada no conceito de um Pai-do-Nome. Só que este Pai-do-Nome é estranhamente produzido pelo Ego, instância reconhecidamente imaginária e consciente, que deixa a dúvida sobre a caracterização desta clínica: Real ou Imaginária? A única certeza é que ela não é Simbólica, como Freud defendeu sempre.

Claramente o ponto nevrálgico da questão envolve o significante *Verwerfung,* proposto por Freud, com tradução consensual, sugerida por Lacan, e aceita, de *forclusão.*

— Vamos então retomar e trabalhar um pouco mais com o texto de Freud, conhecido como o caso do *Homem dos Lobos,* no qual ficou escancarada uma profunda divergência teórica quanto ao conceito importantíssimo de psicose entre os dois mestres.

No caso anterior, do Presidente Schreber, houve uma sintonia perfeita entre os dois, como já foi visto, mas não foi um caso clínico. Contrariamente à teorização da psicanálise, esse não foi um caso baseado na escuta analítica, foi só um estudo teórico e hermenêutico baseado no texto da autobiografia de Schreber, o que torna precárias as conclusões.

O que há em comum entre este caso e o anterior? Com relação ao Homem dos Lobos, temos uma grave divergência, sobre o diagnóstico de psicose, porque Freud fez o diagnóstico de neurose, enquanto que Lacan insistiu tratar-se de psicose, mesmo não tendo atendido o paciente.

Já com referência a James Joyce, há também grave divergência, não com Freud, que não trabalhou este caso, mas com o primeiro e o segundo Lacan. Este desencontro foi igualmente prenhe de conceitos e tomadas de posição que vale a pena discutirmos aqui. De novo, o pomo destas duas discordâncias é o mesmo conceito de forclusão.

Como já foi dito, a forclusão é o mecanismo que define a estrutura clínica da psicose, na psicanálise, até hoje. Para Freud, no original em alemão, era *Verwerfung,* traduzida inicialmente por rejeição, mas Lacan propôs substituir esta tradução por *forclusão*, porque a palavra rejeição causava equívocos entre os teóricos que a relacionavam com a psicose ou a perversão. A excelente proposta de Lacan foi aceita com unanimidade e permanece sem restrição.

Como Lacan[125] descreveu a forclusão, já citada antes:

*A respeito da Verwerfung, Freud diz que o sujeito não queria nada saber da castração, mesmo no sentido do recalque.*

A primeira divergência citada acima, entre Freud e Lacan, nada tem a ver a tradução da palavra, mas sim propriamente, com o diagnóstico de psicose.

---

[125] Lacan, Jacques. Opus cit. 1985. P. 173.

No caso clínico do Homem dos Lobos, Freud utilizou-se do conceito de *Verwerfung* a respeito da famosa alucinação ou delírio que o paciente teve quando relatou que tinha amputado um dedo da mão, com um canivete. O relato original de Freud[126] foi assim:

> *Quando eu tinha cinco anos, estava brincando no jardim, perto da babá, fazendo cortes com meu canivete na casca de uma das nogueiras que aparecem em meu sonho também. De repente, para meu inexprimível terror, notei ter cortado o dedo mínimo da mão (direita ou esquerda?), de modo que ele se achava dependurado, preso apenas pela pele. Não senti dor, mas um grande medo. Não me atrevi a dizer nada à babá, que se encontrava a apenas alguns passos de distância, mas deixei-me cair sobre o assento mais próximo e lá fiquei sentado, incapaz de dirigir outro olhar a meu dedo. Por fim, me acalmei, olhei para ele e vi que estava inteiramente ileso.*

Com base neste relato, ficou definido o diagnóstico freudiano como neurose infantil, modalidade que Freud só utilizou neste caso. A opinião de Lacan, sobre o mesmo caso clínico, sustentada sempre, é de que se tratava de uma psicose. E, repetindo, os dois utilizaram o mesmo mecanismo da forclusão em suas decisões. E então, como explicar?

Para Lacan, sempre que ocorresse um 'fenômeno elementar", como alucinação e delírio, o único diagnóstico era defendido, de maneira automática e indiscutível, na categoria da psicose.

Entretanto, Freud admitia que o delírio pode aparecer também na neurose, sem caracterizar obrigatoriamente uma estrutura psicótica. Outros critérios podem definir outra estrutura.

No caso do Homem dos Lobos, Freud tinha motivos mais que evidentes para outro diagnóstico. Afinal, ele escutava quele paciente no divã, sob transferência analítica e com mais informações vindas do inconsciente, do retorno do recalcado. Mas, um diagnóstico

[126] Freud, Sigmund. Opus cit. 1976. P. 108.

pode estar baseado em outros dados também confiáveis da escuta analítica.

Por exemplo, no caso em questão, havia a transferência, que Freud acreditava existir só em caso de neurose ou perversão. O Homem dos Lobos transferia palavras plenas de sentido e suscetíveis à interpretação, no registro do Simbólico. O paciente relatava sonhos, falava na primeira pessoa do verbo, coisas que não são comuns no psicótico.

Enfim, para citar só um outro episódio incontestável, o analisante relata que sonhou que era uma *Espe,* que teria suas asas cortadas por um homem. Como esta palavra não existe na língua alemã, porque era um ato falho de *Wespe* (vespa), da qual ele omitiu a letra W, inicial também da palavra Lobo, em alemão, Freud lhe pergunta o que era *espe,* e recebe como resposta: "sou eu", isto é, as iniciais de Serguei Pankejeff. (S.P., que se pronuncia igual a espe).

Isto foi uma prova, para Freud, de que o paciente tinha sonhos, utilizava as estruturas da linguagem próprias da neurose, cometia ato falho, metaforizava, isto é, aceitava a castração, a metáfora paterna, que consiste em sair da situação de falo imaginário de completude com a mãe, para o Falo simbólico da falta, da interdição do incesto, e subjetivava-se usando a primeira pessoa do verbo, e se reconhecia representado por um significante que produz o sujeito para outro significante. Nada destas características acima costuma ser encontrado na psicose.

Lacan não levou em conta nada disso, contentando-se em verificar que, havendo um fenômeno elementar isolado, que aconteceu uma vez só, isso teria um efeito mecânico e necessário. Também não escutou o paciente em análise, contentando-se só com os escritos de Freud e do próprio paciente. Com este material, o máximo que poderia fazer era uma hermenêutica do caso e não uma interpretação clínica.

Até aqui temos, em resumo, a versão lacaniana sobre a psicose, elaborada pelo primeiro Lacan do retorno a Freud, o Lacan do Simbólico. O que concluir disso? Que ficou indiscutível para Lacan que, verificada sempre a existência da forclusão, que é sempre a forclusão de um significante, o Nome-do-Pai, estaremos sempre na estrutura da psicose, isto é, não aconteceu a castração, já que foi rejeitada. Portanto, essa rejeição é definitiva, não haverá a entrada no código da linguagem, nem da cultura, sem possibilidade de reversão.

O segundo Lacan, do Real, especialmente no *Seminário 23* sobre *o sinthoma,* representa uma turbulência na viagem teórica do lacanismo. De uma estação à outra, toda a paisagem mudou, da saída simbólica ao desembarque no Real. A paisagem e os conceitos mudaram de tal modo, que ficaram sem retorno. Mas só podemos falar dessa turbulência se confrontarmos o *Seminário 23,* sobre *o sinthoma,* com o *Seminário 3,* sobre *as psicoses.*

Naquele *Seminário 3,* de 1955, Lacan tinha visto seu prestígio atingir as nuvens, dentro do já belíssimo retorno a Freud, que não foi só uma imitação, mas, sim uma fermentação sadia, fiel a Freud em tudo, no rigor, na clareza, na facilidade de entender, na coerência, na sintonia. Enfim Freud ficou maior e mais profundo, visto com as lentes lacanianas. E todos os discípulos aprenderam de cor e salteado o que é a psicose e a forclusão. Mas o Lacan do Real ficou bem mais difícil, obscuro, confuso e contraditório do que já era, para uma grande parte dos leitores.

Em síntese, os vinte anos decorridos entre estes dois seminários propiciaram uma desleitura e/ou uma desconstrução de toda aquela rica parceria anterior, criando uma cisão entre os discípulos.

Portanto, a publicação do *Seminário 23* foi uma decepção. E qual é o motivo? Simplesmente porque os conceitos básicos que definiam as estruturas clínicas, especialmente a psicose, passaram a ter significados contrários aos do primeiro Lacan ou deixaram de fazer parte do arsenal teórico de uma 'nova psicanálise', que mudou os conceitos, de maneira contraditória, embora conservando o mesmo nome de Psicanálise, como se nada tivesse acontecido.

Vamos aos fatos comprobatórios de que os seminários 3 e 23 são o avesso um do outro. Esse conceito de avesso é tomado, propositalmente, de empréstimo, do *Seminário 17, O avesso da psicanálise,* em que o próprio Lacan nos ensina, ainda brilhantemente, que existe um discurso do mestre, do saber, da ciência, do poder, da religião, da política, da objetividade, em oposição ao discurso do analista e do discurso histérico, que são discursos próprios da subjetividade, do saber não sabido que se submete às leis da linguagem, do inconsciente e da verdade do ser falante. Aqui, diz Lacan, habita a Psicanálise, aquela que Freud descreveu como cura pela palavra. Ninguém duvida ou questiona que estes conceitos fundamentam a psicanálise freudiana, baseada no Simbólico.

Mas o que aconteceu com a introdução de uma psicanálise baseada no Real? Esta psicanálise baseia-se na topologia, um ramo da matemática, ciência exata, do saber, do discurso do mestre e da objetividade. Onde está a subjetividade aí? É possível falar com números? Ainda que alguém responda que sim, uma cura pelos números não seria uma clínica freudiana. Freud nunca mencionou, em toda a sua obra, nem em algum caso clínico, a matemática ou a topologia como instrumento clínico de cura. E isto nunca fez falta alguma para o ato analítico freudiano, antes da chegada de Lacan, como não faz até hoje.

Assim, em 1975, no *Seminário 23, o sinthoma*, aparece em cena, de maneira espetacular e convidativa, dentro da Psicanálise, como já havia acontecido, no mundo da literatura, a figura emblemática e revolucionária do escritor quase ininteligível, intrigante e instigante, o sedutor e competentíssimo James Joyce. Com estilo de escrita único, irreverente e meio iconoclasta com relação à escrita, não é possível ficar indiferente diante dele.

Lacan caiu nas suas malhas, parece que tinha identificação com ele e, quem sabe, ciúme ou inveja? Ou já era questão de idade avançada? Parece até que tentou homenageá-lo, ao imitá-lo, logo no ano seguinte, usando um calembur ao estilo Joyce, no título do *Seminário 24, L'insu que sait de l'une-bévue s'aile à mourre*. Conseguiu traduzir?

Depois de fazer aquela pergunta lacônica e impertinente: *Joyce era louco?* Lacan nem explica o que significaria o significante *louco*, nem responde à sua própria pergunta, deixando o ouvinte ou leitor com a cara de interrogação. Mas, levando em consideração que a loucura e a psicose, desde longa tradição na medicina, na psiquiatria, mesmo na psicanálise e na linguagem popular, foram sinônimos, imediatamente a maioria quase absoluta dos teóricos e praticantes da psicanálise entenderam que Lacan estava garantindo, não explicitamente, que estávamos, com certeza, diante de um caso de psicose.

O pior de tudo é que, em todo o decorrer do *Seminário 23*, Lacan usa significantes que, indubitavelmente, vinham comprovar o grande engano. Quais eram estes significantes ambíguos? A começar pelo já mencionado, loucura, temos a forclusão, a suplência do Nome-do-Pai, a prótese do Pai-do-Nome, a criação do quarto nó borromeano, o *sinthoma* e os neologismos.

Com este tipo de argumentação, podemos concluir que foi o próprio Lacan que nos induziu ao erro coletivo, através de ambiguidades conceituais confusas e contraditórias, se compararmos o Lacan do Simbólico, no *Seminário 3,* com o segundo Lacan do Real, no *Seminário 23*. Vamos por partes:

O conceito de loucura já apareceu anteriormente neste livro, defendido por ilustres teóricos brasileiros e estrangeiros, que acreditavam que a loucura era a mesma estrutura clínica da psicose. É um engano, até porque o conceito de loucura não faz parte da teoria psicanalítica, e já vimos que o próprio Lacan declarou que as mulheres são loucas, sem serem psicóticas. Joyce era louco? A questão ficou em aberto em Lacan.

Forclusão. É outro conceito que se repete muitas vezes no texto em apreço. E já vimos como foi importante a colaboração de Lacan no aperfeiçoamento do sentido e da forma deste significante. Justamente porque era comum a ambivalência dos termos: recusa, rejeição, supressão, negação. Então, para definir o mecanismo da psicose, Lacan fez uma proposta inteligente, aceita imediatamente e posta em prática pelos teóricos, no sentido de unificar numa única palavra, a forclusão, como sendo o mecanismo da psicose.

Joyce não teve pai. Para comprovar que houve a forclusão em Joyce, Lacan[127] afirma, com bases fracas, a meu ver, que Joyce não teve pai:

> *Seu pai jamais foi um pai para ele? Que não apenas nada lhe ensinou, como foi negligente em quase tudo, exceto em confiá-lo aos bons padres jesuítas, à Igreja diplomática? [...]. Não há nisso alguma coisa como uma compensação dessa demissão paterna, dessa Verwerfung de fato, no fato de Joyce ter se sentido imperiosamente chamado? [...] O nome que lhe é próprio, eis o que Joyce valoriza à custa do pai.*

Curiosamente, Joyce teve dois nomes próprios, James e Joyce. Joyce é a marca do pai, reconstruída pelo nome do artista e do escritor que mudou a literatura mundial. E a ação do pai, ao colocá-lo naqueles excelentes colégios foi um cuidado fundamental para aquela excepcional formação literária.

Portanto, usar o conceito de forclusão, várias vezes, num seminário dedicado totalmente a Joyce, só podia significar que a estrutura clínica de Joyce era marcada pela forclusão. Ora, em toda a elaboração lacaniana anterior, uma vez constatada a forclusão, obrigatoriamente se concluía tratar-se de um caso de psicose.

Qualquer leitor conhecedor da psicanálise iria concluir que Lacan estava consagrando o diagnóstico de psicose neste caso. E era a leitura mais lógica e correta do texto.

Mas Lacan vai embaralhando as letras e cartas, quando, por exemplo, introduz um novo conceito de suplência, no caso Joyce. Suplência do Nome-do-Pai. Suplência significa uma substituição de uma coisa por outra, como no ditado popular: 'quem não tem cão caça com gato'. Portanto, a gente supre algo que está faltando.

Dizer então que Joyce fez uma suplência do Nome-do-Pai só pode significar que este nome não estava presente, e a ausência deste nome não deixa dúvida, segundo o próprio Lacan, de que existe aí a forclusão. E é exatamente isto que tanto Freud, em parte, quanto

[127] Lacan, Jacques. Opus cit. 2007. P. 86.

Lacan, inexoravelmente, eram unânimes em afirmar que não há contestação de que estamos diante da psicose. Mais uma vez o leitor sendo induzido enganosamente pelo próprio Lacan.

Lacan insiste neste raciocínio, dizendo agora que Joyce fez uma prótese do Nome-do-Pai. Uma prótese é um outro tipo de suplência, que consiste em trocar algum órgão ou parte do corpo que esteja faltando, por exemplo, uma perna mecânica, em quem perdeu sua perna biológica.

Repete-se o raciocínio: uma prótese colocada denuncia que, naquele lugar, faltava algo. De novo, havia uma forclusão. Ora, se havia forclusão, havia psicose.

Joyce criou um quarto nó, para ligar os outros três. Se os outros três nós estavam desligados, é outra prova de que já havia a psicose, a forclusão. O conceito de qualquer estrutura, mesmo a estrutura clínica, exige que os elementos estejam todos integrados e interagindo, numa engrenagem que funciona conjuntamente. Freud já havia deixado claro que a forclusão da interdição paterna caracterizava a psicose.

O *sinthoma*, em nova e antiga ortografia, é outra designação do quarto nó. Retomemos o importante dicionarista francês, Roland Chemama,[128] que assim apresenta este verbete:

*É por isso que, em termos metafóricos e com contradições, Lacan criou o termo de sinthoma para designar o quarto círculo do nó borromeano.* (tradução nossa).

Chemama não esclarece quais são as contradições de Lacan, citadas acima. Talvez possamos localizá-las no próprio *Seminário 23*, de Lacan[129], falando do *sinthoma*:

> *Trata-se de situar o que o* sinthoma *tem a ver com o real, o real do inconsciente, se o inconsciente for real. Como saber se o inconsciente é real ou imaginário? É efetivamente a questão. Ele participa de um equívoco entre os dois.*

[128] Chemama, Roland. Opus cit. 1993. P.283.
[129] Lacan,Jacques.Opus cit. 2007. 98.

Lacan levanta aí a questão se o inconsciente é real ou imaginário. Simbólico é que ele não é!

Quanto aos neologismos, destacados por Lacan na escrita de Joyce, acho que, especialmente no caso do último livro *Finnegans Wake,* estes supostos neologismos são muito diferentes daqueles encontrados no caso do Presidente Schreber.

O neologismo dos psicóticos não está registrado em nenhum dicionário de nenhuma língua, enquanto que os supostos neologismos joycianos eram todos compostos de sílabas ou palavras todas existentes, de maneira registrada em dicionários e que, sendo codificadas e cifradas legalmente, poderiam também ser decifradas e decodificadas normalmente. Portanto, não era propriamente um neologismo.

O pai-do-Nome. Quando Lacan anuncia a grade façanha de Joyce, de criar o Pai-do-Nome, através da literatura, tornando-se um nome conhecido internacionalmente, substituindo o Nome-do-Pai, de novo a mesma questão.

Lacan volta a insistir, talvez sem admitir, que Joyce não tinha o Nome-do-Pai, que estava forcluído. Mas não admitia que Joyce fosse psicótico. Aliás, ao contrário do que todo mundo achava, Lacan não falou, uma única vez, no *Seminário 23,* explicitamente, que Joyce era psicótico. Mas usou, com relação a ele, todos os conceitos tradicionais de Freud e do próprio Lacan, acrescentando mais uma meia-dúzia que ele inventou especialmente para o caso Joyce, insinuando a psicose. Aliás, Joyce foi o único exemplo, em toda a humanidade, que Lacan citou para confirmar sua teoria.

Negando-se a afirmar a psicose de Joyce, ele também nos induz a concluir que Joyce era neurótico. É difícil teorizar seriamente em cima do muro. Mas, se ele sabia que Joyce não era psicótico, que não tinha forcluído o Nome-do-Pai, então para quê Joyce precisou usar aquela parafernália de procedimentos novos e exclusivos do grande escritor, enquanto que todos os outros neuróticos do mundo estão dispensados deles?

Por tudo isso, repito que o conceito de psicose, na psicanálise, é claudicante desde o início, na minha opinião. Freud decidiu, sem base na experiência clínica com psicóticos, que eles não desenvolveriam a relação transferencial, por não dominarem adequadamente o uso da linguagem. E acreditava que o uso das alucinações era tentativa, inútil, de recuperar a lei simbólica faltante. Então, a psicanálise, sendo cura pela palavra e pelo simbólico, não funcionaria para ele, e a interpretação não teria lugar.

A discordância diagnóstica, entre os dois gigantes do inconsciente, já começou e ficou consagrada com o caso do Homem dos Lobos, como vimos, entendido por Freud como neurose, e como psicose por Lacan.

No caso do Presidente Schreber, Freud e o primeiro Lacan estiveram plenamente de acordo. Já no caso da 'paranoica' Aimée, Lacan não duvidou em interpretá-la como se fosse neurótica. Reconheceu que havia ali transferência de palavras que possibilitavam a interpretação. E o resultado foi perfeito, contra as anteriores previsões de Freud.

O mais esquisito de tudo aconteceu com o segundo Lacan, no caso de Joyce. Ele fez aí uma interpretação selvagem, fora da transferência analítica, afirmando que a ausência (?) do Nome-do-Pai foi corrigida por uma prótese criada pelo Ego de Joyce. Desde quando o Ego imaginário é capaz de uma proeza deste quilate? Se for verdade, ótimo. Bastaria educar os psicóticos sobre esta habilidade curativa, que eliminaria a psicose e os surtos, sem necessidade de analista.

Aonde o Ego de Joyce encontrou tanta força para proibir seu próprio desejo incestuoso pela sua mãe? Ele mesmo se castrou? Mas Freud garantiu, com todas as letras, que o Ego não era senhor nem na própria casa. Muitas perguntas no ar.

Aliás, e o que faria o psicanalista diante da psicose? O primeiro Lacan já tinha respondido a isto, explicando que, em vez de análise, teríamos que fazer um simples tratamento, e levantou a questão preliminar a todo tratamento da psicose. E qual seria o protocolo? Continuamos esperando.

É neste sentido que questiono a falta de uma teoria e prática consistentes sobre a psicose. Só Lacan citou duas teorias opostas e contraditórias, uma baseada na forclusão freudiana, na falta da interdição paterna, enquanto que a última dispensava a forclusão, já que o Ego sozinho poderia criar um Pai-do-Nome, usando só a consciência. Inconsciente aqui não havia.

Isto não é um problema só da psicanálise. Na psiquiatria, não por acaso, foi desenvolvido um conceito novo de *borderline*, numa alusão à fronteira entre neurose e psicose, consequência da falta de clareza conceitual.

Tal conceito não foi aceito pela maioria dos psicanalistas, vigorando mais no vocabulário norte-americano e anglo-saxão, na Escola da Psicologia do Ego, e também na psicanálise francesa. O grande defensor desta corrente foi o psicanalista americano Otto Fenichel, em 1945.

Lacan utilizou este conceito? De acordo com o *Índex de referências dos seminários de Jacques Lacan*, de Henry Krutzen[130], Lacan utilizou, uma única vez, o conceito de *borderline*, no *Seminário 10*, aula de 19 de dezembro de 1962, comentando o caso do Homem dos Lobos. Este comentário estaria na pág. 85 da tradução ao português, mas não consegui encontrar lá a palavra procurada: *borderline*. Talvez esteja em edição posterior com paginação diferente.

De qualquer maneira, acho que o conceito em discussão é indicativo que de não é tão claro o que se quer dizer com a palavra "psicose", o que bem justifica toda a querela atual a respeito do *Seminário 23*, entre a comunidade psicanalítica, sobre o personagem Joyce, que está nos obrigando a estudar, e não é pouco. Mas isto é bom.

No próximo capítulo, vou citar um depoimento num artigo sobre a Clínica do Real, em que há a afirmação de que, neste segundo Lacan, não se trabalha mais com a interpretação nem com a transferência, conceitos básicos freudianos, indispensáveis para uma prática clínica que se denomine de psicanálise.

---

[130] Krutzen, Henry. *Índex de referências dos seminários de Jacques Lacan, 1952 a 1980*. Michele Roman Faria (coord.): São Paulo, Toro Editora. 2022. P. 163.

Praticamente podemos dizer que a Psicanálise nasceu da Interpretação dos sonhos, em 1900, um monumento do pensamento humano e base para toda a interpretação do inconsciente. Se abolirmos a transferência e a interpretação que vão nos desvendar o conteúdo latente, só teremos acesso ao conteúdo manifesto, da consciência. Assim estamos equiparando nossa prática a uma psicoterapia, no registro da consciência, que é justamente o que a teoria dos quatro discursos queria discernir. A ver.

CAPÍTULO XII

# A Clínica do Real

Em 2014, foi publicado no Brasil um livro com o título de "Psicanálise, a clínica do Real", pelo editor Jorge Forbes e a organizadora Cláudia Riolfi, editora Manole, Barueri, S.P.

Muito oportuna a publicação, porque nos deu a todos ótima chance de ter uma informação atualizada, de um grupo de eminentes psicanalistas[131] que '*todos tentaram a ousadia responsável de vir a público dizer como estamos pensando e praticando a psicanálise no século XXI*'.

Este ousado grupo segue o segundo Lacan, o do Real, ao mesmo tempo em que outro grupo defende a psicanálise freudiana, da cura pela palavra, e do próprio primeiro Lacan, da fase do Simbólico e retorno a Freud.

São duas correntes ou Escolas que acreditam estar no caminho certo, lamentando o equívoco da outra. Fica difícil o diálogo, fica difícil entender a lógica lacaniana ao suspender um retorno maravilhoso a Freud, e empreender um caminho novo e tão diferente, até oposto, a ponto de suscitar a pergunta: estes caminhos opostos levam a um mesmo lugar? O grupo do Real poderá responder: sim. O grupo do Simbólico pode retrucar: impossível.

De início, podemos questionar uma afirmação do livro, segundo a qual a Clínica do Real é a Psicanálise do século XXI. De acordo com a linguística, no ensino mesmo de Lacan, o significante *shifter* (disjuntor, deslocador, sofismador), bem como a palavra sinônima *dêixis*, ou *díxis*, consistem em se fazer um enunciado, aparentemente dirigido a uma pessoa ou uma data, mas atingindo uma outra; pode

---

[131] Forbes, Jorge. *Psicanálise, a clínica do Real*. Cláudia Riolfi (org.): São Paulo, Editora Manole, Ltda. 2014. P.xix.

ser uma díxis temporal, como a citação acima (século XXI), em que o enunciado contém uma enunciação implícita que, neste caso, significaria que a Psicanálise do século XX não existe mais.

Na história da psicanálise já houve situações assim. Por exemplo, quando Freud anunciou a segunda tópica, a Escola da Psicologia do Ego cantou vitória dizendo: A pimeira tópica já era! Morreu o inconsciente! E Lacan sofreu horrores com um jornal que este mesmo grupo publicava, com o título: *La psychanalyse d'aujourd'hui* (A psicanálise de hoje). O que significa? A psicanálise de ontem, de Freud e Lacan, também já morreu).

A Psicanálise deve manter um legado sempre coerente com Freud, seu fundador. Por isso, com a visão dos psicanalistas que seguem o primeiro Lacan, julgo discutíveis algumas posições assumidas no livro *Psicanálise, a Clínica do Real*, que passo a comentar.

1. O livro apresenta uma descrição oficial de Clínica do Real[132], nos seguintes termos:

> *[...] "uma análise é para saber mais de si, para errar menos, ou é para levar a pessoa a descobrir que o saber é sempre incompleto e que a vida é um contrato de risco? A resposta a essa pergunta implica a forma de se conduzir uma análise: para o Simbólico ou para o Real".*

Esta definição me parece ambígua, porque carrega a suposição de que a Clínica do Simbólico (freudiana e lacaniana) tenha como objetivos: '*saber mais de si, para errar menos*', enquanto que a Clínica do Real teria descoberto que o '*saber é sempre incompleto e que a vida é um contrato de risco*'. Não procede a distinção, visto que Freud foi muito explícito ao defender a tese de que a análise é interminável, portanto, o saber (do inconsciente) nunca se completa mesmo, e propôs também que somos sujeitos à transitoriedade, à falta e à morte.

---

[132] Forbes, Jorge. Opus cit. p. xviii.

2. Encontra-se também, no mesmo texto, uma contradição a esta definição, na seguinte descaracterização da Clínica do Simbólico[133] freudiana:

[...] *"Freud defendia que o tempo dela pode ser finito ou infinito. Infinito porque sempre fica algo intratável, um resto"*.

Afinal, o critério proposto acima diferencia ou não a psicanálise freudiana, do século XX, da nova psicanálise milleriana do século XXI? A primeira nunca deixou de acreditar na rocha da castração, que defende justamente que algo sempre fica intratável.

Continua o argumento sofístico sobre as duas Clínicas[134]:

*"A Clínica do Real diverge da anterior. Se antigamente se fazia uma análise em progressão, a Clínica do Real faz uma análise na repetição. Atenção: não me refiro à reprodução de um mesmo conteúdo, mas, sim, à repetição da impossibilidade da significação"*.

Não é explicitado aí o significado de 'progressão' da clínica anterior, e nem que a 'repetição', na clínica dita atual, seja nova ou diferente da clínica de 'antigamente'. Porque o 'velho' Freud elaborou muito bem o conceito de repetição, seja na formulação inicial do conceito de transferência (reprodução?), seja no aprofundamento do mesmo para a compulsão à repetição (pulsão de morte), justamente aquela morte da qual não temos representação no inconsciente, pela impossibilidade da significação e que se repete sempre. A impossibilidade de significação decorre da polissemia dos significantes que provoca o mal-entendido.

Quanto ao conceito de 'progressão'[135], citado acima, encontramos em Lacan, no texto sobre '*A direção do tratamento*', escrito pelo Lacan do Simbólico, a seguinte pergunta: *"Será esse o procedimento da análise, um progresso da verdade?"* Se atentarmos ao contexto, Lacan está fazendo ali uma crítica à Psicologia do Ego (*'um Eu mais forte'*),

---

[133] Forbes, Jorge. Opus cit. P. 463.
[134] Forbes, Jorge. Opus cit. P.152
[135] Idem, ibidem. P. 152.

em que a identificação ao analista seria um critério de progresso da verdade. Não se trata de crítica à 'clínica anterior' do próprio Lacan.

3. Quanto ao complexo de Édipo[136], encontramos esta afirmação:

> *"Quando Sigmund Freud conceituou o complexo de Édipo como pilar da estruturação subjetiva e, por conseguinte, da clínica, ele o fez coerente a um mundo que se organizava em pirâmide: o pai no topo da família; o chefe no da empresa; a pátria no da sociedade civil. Esse mundo mudou radicalmente".*

Em outras citações do livro, o argumento se repete ao acrescentar-se que o mundo agora é organizado horizontalmente. Mas, o fundamental é que seja organizado, isto é, que exista a Lei, pouco importando se ela vem de cima para baixo, ou vice-versa, ou da esquerda para a direita.

Depois que Lacan definiu a paternidade, a maternidade e a germanidade como funções não atreladas ao biológico, tem havido sim deslocamentos saudáveis e benéficos destas funções, inclusive novos empoderamentos, mas não a extinção das estruturas elementares das leis de parentesco. E a também citada globalização não aboliu as pátrias, que se contam em quase duas centenas, e brigam entre si, mantendo a mesma função e autoritarismo vertical de sempre.

Com relação à transmissão da Psicanálise, seria desejável manter a organização vertical mesmo, com Freud e Lacan na função de Mestres. A horizontalidade já provocou graves desvios e dissensões, desde a descoberta da Psicanálise. Freud sofreu os terríveis efeitos de duas Guerras Mundiais, o que não o levou a abolir nem a modificar sua teoria do complexo de Édipo[137].

*"Necessitamos de uma psicanálise pós-edípica e, por isso, escrevemos este livro"* (Prólogo, pág. XVIII).

---

[136] Idem, ibidem. P. XVIII.
[137] Idem, ibidem. P. XVIII.

Este raciocínio enquadra o complexo de Édipo numa visão evolutiva, desenvolvimentista, biológica e cronológica, enquanto que Lacan insiste no Édipo como estrutura, amarrada nos três registros. Para Freud, a teoria do Complexo de Édipo é um dos pilares de toda a rede de conceitos daquilo que ele chamou de Psicanálise.

4. A grande novidade do livro consiste na descrição da função do analista[138]:

> "*Exemplifico com algo novo, que encontramos na Clínica de Psicanálisedo Centro de Estudos do Genoma Humano da Universidade de São Paulo: um analista recebe um paciente, desencadeia uma análise, e outro analista dá continuidade ao tratamento. Depois de alguns encontros, o paciente retorna ao primeiro entrevistador. Esse modo de trabalho é esquisito e, provavelmente, muitos dirão que não poderia ser feito, porque não haveria possibilidade de a transferência estabelecida com o primeiro analista ser continuada com outro e depois devolvida ao anterior. [...] Lá, faço uma primeira entrevista com o paciente, com a presença da Dra. Mayana Zatz. [...] Na sequência, encontro meus colegas que assistiam, em circuito fechado, ao atendimento clínico. [...] Então, um colega me substitui na condução do tratamento analítico e revejo este paciente a cada três meses*".

Aqui temos que concordar que se trata de algo completa e estranhamente novo, em que, reconhecidamente, a transferência analítica entra num jogo de pingue-pongue entre vários analistas, e o sigilo ético é aberto a um grupo de assistentes. Não se informa se o paciente consente com o procedimento, nem se isto favorece ou inviabiliza a associação livre e, consequentemente, a própria análise.

5. Por falar em associação livre, levando em conta o texto abaixo, parece que ela foi proscrita na nova teoria e, com razão, porque

---

[138] Idem, ibidem. Ps. 152.153.

agora, dizem, trabalha-se com o Real, este Real que Lacan sempre declarou impossível de acessar pelo Simbólico. Segue a citação de um caso clínico[139]:

> *"Na minha clínica, [...] uma senhora com câncer de mama que assistiaà televisão o dia inteiro. Especificamente, buscava programas que falassem a respeito de câncer de mama. [...] Sem dúvida, procurou a análise para poder falar mais a respeito. Pouco a pouco, descobri que para ela era impossível se desapegar da doença, porque a entendia como um castigo divino. Em sua interpretação, era uma penitência por ter traído o marido. Eu quis entender por que, em sua fantasia, Deus a puniria daquela maneira. Ela respondeu que, sendo católico de formação, eu não poderia compreender a 'lei terrível do judaísmo'. [...] Decidido a alterar o estado de coisas, recorri à Bíblia. Quando, um dia, ela novamente mencionou o 'Deus terrível', eu disse: 'olha, a senhora está enganada, porque Deus não está minimamente ligado em sua mama. Sou católico, mas o Velho Testamento é igual para nós dois. O que difere é o Novo Testamento. Então lhe digo: nosso Deus não está nem um pouco interessado em mama de mulher. Ele está interessado em pênis de homem, porque, afinal de contas, o que ele pede é 'circuncisão'. O curioso é que esta afirmação absurda foi convincente!".*

O próprio autor chama de absurda sua intervenção. Este recorte clínico é, em tudo, semelhante ao famoso caso dos 'cérebros frescos', conduzido por Ernst Kris[140], expoente da Psicologia do Ego, relatado por Lacan, no texto sobre *A direção do tratamento*. Kris sai do lugar de analista e vai à biblioteca consultar os livros, para interpretar o que se passava no interior da análise.

No caso da mulher com câncer, o analista vai recorrer à Bíblia, com um discurso de mestre, trazendo, de fora do campo freudiano e de fora do consultório, uma verdade que deveria ser buscada nas

---

[139] Idem, ibidem. Ps 275.276.
[140] Lacan, Jacques. *Escritos, A Direção do tratamento*. Vera Ribeiro (trad.): Rio de Janeiro. Jorge Zahar Editor. 1998. P. 605.

associações da paciente. Pelo dito, além de fazer juízos de valor (*a senhora está enganada*), não foi solicitada associação sobre o câncer, sobre a mama, a traição ao marido, o castigo divino. Ao contrário, foi-lhe imposta uma arriscada exegese bíblica dogmática, com uma revelação surpreendente sobre a preferência sexual do Onipotente por pênis, significante este que nem apareceu no discurso da paciente. Veio exclusivamente da fantasia do analista.

É um paradoxo pensar que o segundo ou o 'Ultimíssimo Lacan', na expressão de Jacques-Alain Miller, venham propor a utilização do 'Antiquíssimo Testamento' como critério para interpretar o inconsciente freudiano.

Mais uma observação, sobre a formação do analista. Toda a tradição psicanalítica, desde Freud e Lacan, mantém o clássico tripé[141]. Mas, eis o que nos ensina a Clínica do Real:

> *"Como descrever o gesto do analista pinçando o gozo do paciente? Como dizer da angústia do paciente ao ser tocado? É um exercício de 'monstração', um dos pilares responsáveis pela formação dos analistas. [...] É por meio da 'monstração' que lançamos o quarto pilar da formação do analista para a Psicanálise do século XXI. [...] Em umapsicanálise que não visa mais a atingir uma verdade escondida através da interpretação, mas tocar o corpo do sujeito por meio do ato analítico, a palavra é insuficiente para dar conta do ato. Por isso, o gesto do analista é um exercício de 'monstração'. Então, o que diferencia a formação do analista do tempo de Freud e de hoje? A base da formação lacaniana continua sendo o tripé: análise pessoal, estudo e supervisão. Acrescentaríamos a esse tripé a 'monstração', própria à clínica do Real. O termo 'monstração' é utilizado por Lacan para, opondo-se à demonstração, falar da impossibilidade de dar conta pela linguagem da transmissão integral da experiência analítica".*

---

[141] Forbes, Jorge. Opus cit. 2014. Ps.480, 504, 505.

O que seria o quarto pé, que permanece um segredo de iniciados? A psicanálise já passou um século sem precisar deste apoio quádruplo, equilibrando-se perfeitamente no tripé proposto por Freud.

Já houve outra época, na história do movimento psicanalítico, em que o Simbólico e a cura pela palavra foram subestimados pela Escola da 'Psicologia do Ego', na década de 30, desenvolvendo-se uma psicanálise imaginária. Hoje, a Clínica do Simbólico freudiana, ou cura pela palavra, e a proposta lacaniana do 'inconsciente estruturado como linguagem' estão, de novo, sendo relegadas a segundo plano, já que, dentro desta nova teoria, a palavra é insuficiente, cedendo lugar à 'monstração', proposta pela Clínica do Real milleriana.

Aliás, o conceito básico utilizado pela Clínica do Real, isto é, o conceito de Real, não é bem definido aí, insinuando-se que é o mesmo proposto por Lacan. Mas o que Lacan não se cansou de repetir é que o Real é inatingível, impossível, indizível.

A historiadora Elisabeth Roudinesco[142] descreve a monstração assim:

> *Instaurou-se, para os parceiros do jogo topológico, uma relação crepuscular que foi o motor de uma busca faustiana do absoluto. Através dela, durante seis anos, Lacan transformou de cima a baixo seu ensino e a prática da psicanálise, fabricando, com o "pequeno grupo", objetos topológicos que utilizava, a seguir, diante do auditório ampliado do seminário.*
>
> *Esse processo de troca generalizada estava fundado na monstração do toro, do reviramento do toro, do toro furado, do tetraedro, dos triplos toros, das cadeias de nós, e das tranças. À medida que a monstração ia substituindo o discurso, Lacan tornava-se afásico: desenhava em vez de escrever, depois brincava com argolas, como uma criança, quando não podia mais desenhar nem falar.*

---

[142] Roudinesco, Elisabeth. Opus cit. 1994. P. 367. .

A monstração é o oposto da verbalização clássica da psicanálise. É a substituição do significante que representa o sujeito, pelo signo que representa uma coisa. Na citação anterior de Elisabeth Roudinesco, a função destes signos é a produção dos muitos objetos topológicos do Segundo Lacan, que acreditava que tais objetos eram mais significativos do que as palavras.

7. Retomo aqui uma frase já citada acima, a respeito do conceito de 'interpretação': '*Em umapsicanálise que não visa mais a atingir uma verdade escondida através da interpretação*'. Para mim, totalmente ininteligível. Não se trabalha mais com a interpretação, e não se pode mais atingir uma verdade escondida no inconsciente? Então, o analista faz o quê? *Não* se analisa mais o sonho? Depois que o texto de Freud sobre esta interpretação deixou o mundo todo estupefato e boquiaberto com a descoberta?

Apenas sete pontos foram pinçados aqui. Haveria muito ainda a comentar de um livro escrito por autores reconhecidamente competentes e experientes. E seria parcialidade não registrar também a existência de valiosas contribuições e articulações teóricas que merecem respeito. O fato de se fazerem propostas discordantes é uma oportunidade para debates que enriquecem a transmissão da Psicanálise.

Se Lacan foi tão enfático em propor um "retorno a Freud", é hora de empreendermos também o "retorno a Lacan", de preferência, ao primeiro Lacan freudiano.

CAPÍTULO XIII

# Jacques Miller contra Jacques Lacan?

Após a publicação da primeira edição francesa do *Seminário 23*, em 2005, Jacques Alain-Miller lança seu instigante livro *Perspectivas do Seminário 23 de Lacan: O Sinthoma*, em 2010, com revelações sulfurosas sobre os ensinamentos de Lacan.

O genro começa dizendo que houve três[143] Lacans:

O primeiro, do Simbólico e do retorno a Freud, começa no *Seminário 1* e no texto *Função e campo da fala e da linguagem em psicanálise*, de 1953 e dura dez anos, até o *Seminário 10,* em 1963:

O segundo, do Real, da topologia, com início no *Seminário 11*, em 1964, até o *Seminário 23*, em 1975:

O terceiro Lacan, da Psicanálise Absoluta, teve início em 1976, abrangendo os dois últimos seminários 24 e 25. Miller declarou que classificou essa Psicanálise como "absoluta", que não se assemelha em nada ao que havia, e que era uma psicanálise sem igual, praticada por eminentes profissionais de algumas diferentes disciplinas.

A Psicanálise Absoluta incluía a matemática, a teoria dos jogos, a teoria dos grafos e a cibernética. Aí diz Miller[144]:

> Perto do final do *Seminário 24: L'Une-bévue*, encontramos esta proposta, este suspiro ou esta confissão de Lacan: em tudo isso há apenas paradoxos. O contexto indica que é preciso pôr essa palavra no plural.
>
> Pelo menos, essa é a garantia de que, se ficamos ofegantes por acompanhar Lacan em seu último ensino, até ele está sem fôlego. E isto é um consolo. O que é preciso fazer, quando o objeto, o objeto pensamento do qual nos ocupamos, só é tecido de paradoxos?

---

[143] Miller, Jacques-Alain. Opus cit. 2010. P. 56.
[144] Idem, ibidem. 2010. P.149.

*[...] Tentemos isso: isolar, por meio de construção, as antinomias fundamentais que condicionam o surpreendente e devastador giro de Lacan, naquilo que ele próprio chama de "esta espécie de extremo" que dá, sobre a psicanálise, uma perspectiva que modifica o relevo que aparecia anteriormente.*

Psicanálise Absoluta? No *Seminário 23* Lacan[145] afirma: *Todo objeto, exceto o objeto que chamo de pequeno a, que é um absoluto, concerne a uma relação. [...] O real é para ser buscado do lado do zero absoluto.*

Miller não faz ressalvas diretas ao primeiro Lacan, que é admirado e louvado pela grande maioria dos analistas e teóricos lacanianos. Quanto ao segundo e terceiro, há críticas, divergências e acusações de tamanho bastante variado.

## A questão do Real

Depois de uma década defendendo o inconsciente no registro do simbólico e estruturado como linguagem, Lacan, conforme já dissemos acima, nos pergunta: *Como saber se o inconsciente é real ou imaginário?* Segundo Miller, temos questões e, como respostas, recebemos uma forma de mais perguntas. E continua[146]: *o inconsciente proposto por Freud não inclui o real.* E acrescenta: Esta proposição '*o inconsciente é real*' merece ser meditada, tanto mais que ela não é de modo algum evidente.

Miller[147] acrescenta: *Só há real naquilo que exclui toda espécie de sentido, ideia que é exatamente o contrário de nossa prática.* Referindo-se ao derradeiro Lacan, diz Miller[148]: Ele continua a se mover em seu *Seminário 24, L'Une-bévue, com uma confusão de aporias cada vez mais rigorosa.*

---

[145] Lacan, Jacques. Opus cit. 2007. Ps. 116, 117.
[146] Miller, Jacques-Alain. Opus cit. 2010. P. 86,
[147] Idem. Opus cit.2010. P. 158.
[148] Idem. Opus cit. 2010, P. 178.

E o genro insiste[149]:

> *O que inspirou Lacan em seu derradeiro ensino não está em Freud. Várias vezes Lacan o denegriu. O que inspirou Lacan em seu derradeiro ensino foi James Joyce. A transferência, por exemplo, é a grande ausente, pelo menos nos seminários 23 e 24. E Lacan ainda pergunta: Será que o inconsciente está do lado da verdade, do verdadeiro, ou do lado do real?*

Aliás, segundo Miller[150], Lacan fala de dois inconscientes: o inconsciente real e o inconsciente transferencial, explicitando:

> *o efeito de verdade passado deixa de sê-lo por sedução do efeito de verdade a advir. Portanto, a verdade apreendida por seu efeito é mutável, é variável (varité). E falando sobre a verdade: Dizê-la toda é impossível: materialmente faltam para isso as palavras. É mesmo por este impossível que a verdade tem a ver com o real.*

Miller comenta ainda que, no último ensino,

> *O que Lacan chama de simbólico revela-se essencialmente inadequado. E o seu derradeiro ensino está às voltas com a inadequação do simbólico. Não poderia ser de outro modo. O simbólico, no fundo, é um fator de confusão. [...] É uma fantasia acreditar que a palavra faz a coisa, que o simbólico seja adequado ao real.*

E Miller[151] se queixa também da dificuldade de entender este Lacan:

> *Eu procuro. Procuro porque não encontro uma porta de entrada em todo o derradeiro ensino de Lacan. É um labirinto com muitas entradas. Qual delas leva ao Minotauro, para combatê-lo com o que ele próprio demonstra estar às voltas e que lhe inspira proposições, que*

[149] Idem. Opus cit. Ps. 134,146.25.
[150] Idem. Opus cit. Ps.26. 28. 194. 196.
[151] Idem. Opus cit. ps. 134, 76.

*parecem, — se raciocinarmos com a lógica comum da qual dispomos, mesmo que seja a lógica do Lacan precedente, contraditórias? [...]. Ele convida a isso, dizendo que sua ideia do real é, sem dúvida, seu sinthoma.*

É desconcertante e lamentável assistir a tantas e graves críticas[152] feitas pelo próprio genro de Lacan. Mas ele sabia das coisas melhor do que ninguém. E foi honesto em abrir o jogo, para nós, porque estava convencido do que pensava e via. Mas ficava pesaroso, a ponto de dizer:

*Sim, vocês observarão, mesmo assim, que eu pude dizer que a minha questão era um pouco agressiva, mas vocês notarão que não me levantei, naquele momento, para dizer: "Tudo isso é falso em relação ao que o senhor havia dito antes".*

*[...] Certa vez eu fiz isso, um ano depois, mas mesmo assim eu o fiz de maneira muito delicada, eu disse: "Não é bem o que o senhor havia dito. Antes, o senhor disse que..." Enfim, eu havia compreendido o regime do seu funcionamento, se assim posso dizer. [...] E após Lacan ter dito que "o sinthoma é real", "o inconsciente é real", Miller pensou em dizer a Lacan: "Tudo isso é falso em relação ao que o senhor havia dito antes".*

## A questão da topologia

Segundo Miller[153], *a topologia é forrada com a sociologia. E há um contraste constante entre o uso da língua mais familiar e o hipertecnicismo das figuras topológicas. Este derradeiro ensino constitui uma deflação da análise* (esvaziamento).

[152] Idem. Opus cit. 2010. p. 93,
[153] Idem. Opus cit. 2010. Ps. 77.189. 190. 191.

Referindo-se ao nó borromeano, diz Miller: *Parece-me que Lacan explora a dimensão que é 'o avesso do lacanismo' que situava o Outro no próprio fundamento do sujeito.*

Comentando sobre os 'pedaços de real', diz Miller[154]: *não se passa impunemente ao avesso de Lacan, ao avesso do seu ensino.* O mesmo Lacan que deu ao *Seminário 17* o título de *O avesso da psicanálise,* afirmando que o discurso da ciência, do saber, da objetividade e do poder é o contrário do discurso da subjetividade, da verdade, da psicanálise, agora diz o contrário, que a psicanálise se funda no discurso da ciência exata, matemático-topológica.

Em *O esp de um laps* (prefácio da edição inglesa do *Seminário 11*), Lacan[155] se põe a sonhar com uma análise sem analista (autoanálise?). *[...] Se tivéssemos de indicar aqui o lugar do analista, poderíamos dizer que é o ponto de retorno do circuito.* Miller também fala que este texto é obscuro, e alfineta: *sempre há a hipótese de que ele enchesse linguiça.*

Miller[156] registra também que, no *Seminário 25, O momento de concluir,* Lacan diz: *A geometria euclidiana tem todas as características da fantasia.* Este seminário *deixou perplexos todos os discípulos.* E, por fim, *os ensaios topológicos são figurações do fato de o analista cortar[...]. Por isso mesmo, levo a sério a aspiração testemunhada por Lacan em certo momento e sob uma forma que merece ser mantida: "Elevar a psicanálise à dignidade da cirurgia".*

Ninguém melhor que Ricardo Goldenberg[157] formalizou concisamente a crítica sentida que fazemos a Lacan: *Se preferirem o ultimíssimo — aquele da segunda clínica, que teria elevado o real em detrimento do simbólico.*

---

[154] Idem. Opus cit.2010. P. 106.
[155] Idem. Opus cit.2010. P.57. 92.
[156] Miller, Jacques-Alain. Opus cit. 2010, p. 196, 197,198.
[157] Goldenberg, Ricardo. Opus cit. 2018. P.245.

## Crítica a Freud

Miller comenta também a seguinte citação de Lacan[158] a respeito da *Interpretação dos Sonhos*: *"é impossível compreender o que Freud quis dizer"*, afirmando, com isso, que se tratava de um delírio. Mas o próprio Lacan confessou ter delirado em seu seminário.

— O excesso dos nós e topologias

Somente no *Seminário 23*, Lacan desenha mais de cem nós borromeanos diferentes. Entretanto, o recorde parece ser do *Seminário 9*, onde aparecem outras 218 figuras topológicas. A quem estaria ele tentando convencer? A ele mesmo? No capítulo anterior, observei que o terceiro Lacan praticamente trocou o uso do significante pelo signo das muitas figuras topológicas, sobretudo os nós borromeanos. Podemos concluir, então, que a psicanálise deixou de ser "a cura pela palavra"?

Em outro texto, Lacan cita uma famosa afirmação aristotélica que diz: *quanto maior a extensão, menor a compreensão; e quanto maior a compreensão, menor a extensão*. Isto é, quanto mais qualificativos usamos, menor é o número de objetos aí compreendidos. E vice-versa.

Há também, em outro texto de Lacan, uma citação do dramaturgo classicista francês, Boileau (1636-1711) que diz: *Ce que l'on conçoit bien s'énonce clairement, et les mots pour le dire arrivent aisément* (aquilo que conceituamos bem é claramente enunciado, e as palavras para dizê-lo chegam naturalmente.

Será que o último Lacan tinha clareza daquilo que falava, ou estava esclerosado?

---

[158] Miller, Jacques-Alain. Opus cit. 2010. Ps. 193, 194.

# Conclusão

Na minha opinião, se observarmos as estruturas de linguagem e o estilo de James Joyce, desde seu livrinho infantil, intitulado *O gato e o diabo,* dedicado a seu neto de quatro anos, apreciado por crianças e leitores de todas as idades, passando por *Dublinenses, Retrato do artista quando jovem, Ulisses, Finnegans Wake* e outros, com diferentes níveis de dificuldade, sobretudo no último, pelo recurso inédito e constante ao calembur, à homofonia translinguística e ao lapso, veremos que tudo obedecia às leis da linguagem e, portanto, à decodificação.

Só podemos concluir que o autor passou normalmente pela operação simbólica da castração e do Nome-do-Pai. Não faltou o simbólico para quem dominava o plurilinguismo, sessenta e cinco línguas, segundo Soler[159], e também segundo Dirce[160]. Sua loucura linguageira criativa transformou-o em referência indiscutível na literatura mundial.

Fica então a pergunta sobre a insistência obsessiva de Lacan ao usar tantos conceitos relativos à psicose, vários deles estabelecidos por ele mesmo, em sua primeira fase, outros mais propostos ou retomados pelo segundo Lacan, mas significando o contrário do primeiro, dando a entender que Joyce era psicótico, ao mesmo tempo em que regredia ao primeiro Lacan, usando raciocínios que comprovavam que Joyce era neurótico, e ainda perguntando se Joyce era louco e, até, se era perverso, mas sem tomar uma posição pessoal clara e definitiva?

Depois de ter cumprido importante e competente missão de retornar ao verdadeiro Freud, salvando a Psicanálise do caos provocado pela Psicologia do Ego, Lacan decide-se ao afastamento completo, com posições confusas, conflitantes e distantes do legado freudiano. Será que a chancela da novidade seja, por si só, um critério válido ou útil? Talvez tudo isso ainda tenha alguma utilidade por nos fazer

---

[159] Soler, Colette, Opus cit. 2018, P. 146.
[160] Amarante, Dirce Waltrick do. Opus cit. 2009. P.108.

pensar e elaborar sempre mais o legado freudiano, nesse apaixonante desejo de saber sobre o maravilhoso funcionamento do inconsciente.

Depois de um início fulgurante e brilhante em uma psicanálise freudiana, em que o inconsciente se estruturava como linguagem, morrer na praia com uma suposta elevação da psicanálise à dignidade da cirurgia, sem transferência, sem interpretação de nossos sonhos, é *Un destin si funeste, S'il n'est digne d'Atrée, est digne de Thyeste (Um destino tão funesto, se não é digno de Atrée, é digno de Thyeste).* Só não devia ser digno de um Lacan.

A antevisão deste possível destino foi descrita pelo próprio mestre francês[161] já no primeiro artigo publicado nos *Escritos, O Seminário sobre carta roubada.*

Apesar dessas numerosas críticas a Lacan, vindas de diferentes direções, destacadas aquelas endereçadas por seu próprio genro, jamais poderemos desprezar o mérito de Lacan por nos ter provocado a discutir e tentar entender esta preciosidade que é a psicanálise.

A genialidade, a criatividade e até a maldade de Lacan ao provocar nossas vísceras e neurônios, às vezes até nosso estômago, justifica as boas avaliações que, queiramos ou não, deverão ser sempre feitas ao trio dos gigantes inseparáveis que são Freud, Lacan e, agora, James Joyce. Todos eles gênios e merecedores de nossos encômios.

Para terminar, respondo à pergunta geral. Como o Freud é *hors-concours,* entre Lacan e Joyce, qual seria o mais louco? Resposta: empate técnico, cada um é mais louco que o outro, pelo critério da criatividade, claro.

---

[161] Lacan, Jacques. *Os Escritos. O seminário sobre "A carta roubada".* Vera Ribeiro (trad.): Rio de Janeiro, Jorge Zahar Editor, 1998. P. 44.

# Bibliografia

Amarante, Dirce Waltrick do. *James Joyce e seus tradutores*: São Paulo, Iluminuras, 2015.

_____ *Para ler Finnegans Wake de James Joyce*. São Paulo, Iluminuras, 2009.

_____ *James Joyce, Finnegans Rivolta*. Coletivo Finnegans (trad.): São Paulo, Iluminuras, 2022.

_____ in Jornal O Estado de S. Paulo, Caderno Sabático. *Fragmentos de Leopold Bloom*. 28-04-2012.

Cesarotto, Oscar e Leite, Márcio Peter de Souza. *Jacques Lacan, uma biografia intelectual*: São Paulo, Iluminuras, 2010.

Chemama, Roland. *Dictionaire de la Psychanalyse,* Paris, Larousse, 1993.

*Dictionaire Alphabétique & analogique de la langue Française*. Petit Robert. Paris, Société du nouveau littré. 1976.

*Dictionnaire Etymologique du français*. Paris, Les usuels du Robert. 1979.

Dunker, Christian Ingo Lenz. *Por que Lacan?* São Paulo, Zagodoni Editora Ltda. 2016.

_____ *Por que Lacan?* São Paulo, Zagodoni Editora. 2016.

Forbes, Jorge. *Psicanálise, a clínica do Real*. Cláudia Riolfi (org.): Barueri, S.P. Editora Manole, Ltda. 2014.

Freud, Sigmund, *Obras Completas — Consciência, vol. XIV*. James Strachey. Rio de Janeiro: Imago Editora, 1974.

_____ *Obras Completas –Artigos sobre técnica, vol. XII*. James Strachey. Rio de Janeiro: Imago Editora, 1969.

_____ *Obras completas — A questão da análise leiga,* vol. XX. James Strachey. Rio de Janeiro: Imago Editora, 1976.

_____ *Obras completas — Sobre o início do tratamento (Novas recomendações sobre a técnica da Psicanálise)*. Obras Completas, vol. XII, James Strachey. Rio de Janeiro: Imago Editora. 1969.

_____ Obras completas — *Fragmento da análise de um caso de histeria* — vol. VII. Jayme Salomão (trad.): Rio de Janeiro, Imago Editora, 1972.

_____ *Obras Completas, O estranho*. Jayme Salomão (trad.): Rio de Janeiro, Imago Editora. vol. XVII, 1976.

_____ *Obras Completas, Notas sobre um caso de neurose obsessiva*. Jayme Salomão (trad.): Rio de Janeiro, Imago Editora, 1972.

_____ *Obras Completas, História de uma neurose infantil*. Vol. XVII, Jayme Salomão (trad.): Rio de Janeiro, Imago Editora, 1976.

_____ *Obras Completas, Os chistes e sua relação com o inconsciente*. Vol. VIII. Jayme Salomão (trad.): Rio de Janeiro, Imago Editora. 1977.

_____ *Obras Completas, Neurose e psicose*. vol. XIX, Jayme Salomão (trad.): Rio de Janeiro, Imago Editora. 1976.

_____ *Obras Completas, A perda da realidade na neurose e na psicose*. Vol. XIX, Jayme Salomão (trad.): Rio de Janeiro, Imago Editora. 1976.

_____ *Obras Completas, Notas psicanalíticas sobre um relato autobiográfico de um caso de paranoia (dementia paranoides)*. Vol. XII. Jayme Salomão (trad.): Rio de Janeiro, Imago Editora. 1969.

_____ *Obras Completas. Além do princípio do prazer, vol. XVIII*. Jayme Salomão (trad.): Rio de Janeiro, Imago Editora, 1976.

_____ *Obras Completas, A cabeça da Medusa*. Vol. XVIII. Jayme Salomão (trad.): Rio de Janeiro, Imago Editora. 1976.

_____ Freud, Sigmund. *Obras Completas. A interpretação de sonhos*. Vol. V. Jayme Salomão (trad.): Rio de Janeiro, Imago Editora, 1972.

Goldenberg, Ricardo. *Desler Lacan*. São Paulo, Instituto Langage, 2018.

Grande Enciclopédia Larousse Cultural, verbete Foucault, Michel. Nova Cultural Editora, 1998, p. 2523.

Jimenez, Stella. *No cinema com Lacan:* Rio de Janeiro, Ponteio, 2014.

Julien, Philippe. *Psicose, perversão, neurose*. Procópio Abreu (trad.): Rio de Janeiro. Companhia de Freud, 2002.

Krutzen, Henry. *Índex de referências dos seminários de Jacques Lacan, 1952 a 1980*. Michele Roman Faria (coord.): São Paulo, Toro Editora, 2022.

Lacan, Jacques, *Da psicose paranoica em suas relações com a personalidade;* Aluísio Menezes, Marco Antônio Coutinho Jorge, Potiguara Mendes da Silveira Jr. (trads.): Rio de Janeiro, Forense Universitária, 2011.

_____ Escritos, *O estádio do espelho como formador do da função do eu;* Vera Ribeiro (trad.): Rio de Janeiro, Jorge Zahar Editor Ltda, 1998.

_____ *O Seminário, livro 1. Os escritos técnicos de Freud*. Betty Milan (trad.): Rio de Janeiro, Zahar Editores, 1979.

_____ Escritos, *Função e campo da fala e da linguagem em psicanálise*. Vera Ribeiro (trad.): Rio de Janeiro, Jorge Zahar Editor, 1998.

_____ *O Seminário, livro 11, Os quatro conceitos fundamentais da Psicanálise*, M.D. Magno (trad.): Rio de Janeiro, Zahar Editores, 1979.

_____ *O Seminário, livro 3, As psicoses*. Aluísio Menezes (trad.): Rio de Janeiro, Jorge Zahar Editor, 1985.

_____ *O Seminário, livro 4, A relação de objeto*. Dulce Duque Estrada (trad.): Rio de Janeiro, Jorge Zahar Editor, 1995.

_____ Escritos, *Formulações sobre a causalidade psíquica*. Vera Ribeiro (trad.): Rio de Janeiro, Jorge Zahar Editor. 1998.

_____ *O Seminário, livro 23, o sinthoma*. Sérgio Laia (trad.): Rio de Janeiro, Jorge Zahar editor, 2007.

_____ *Le Séminaire, livre 6, Le désir et son interprétation*, Paris, Éditions de La Martinière, 2013.

_____ *Le Séminaire, livre 1, Les écrits techniques de Freud*. Paris, Éditions du Seuil, 1975.

_____ *Le séminaire, livre 3, Les psychoses*. Paris, Éditions du Seuil, 1981.

_____ *O Seminário, livro 1, Os escritos técnicos de Freud*. Betty Milan (trad.): Rio de Janeiro, 1979.

_____ *O Seminário, livro 6, O desejo e sua interpretação*. Cláudia Berliner (trad.): Rio de Janeiro, Zahar Editor, 2016.

_____ *O Seminário, livro 20, Mais ainda*. M.D.Magno (trad.): Rio de Janeiro, Zahar Editores, 1982. P.51.

_____ *Televisão*. Antônio Quinet (trad.): Rio de Janeiro, Jorge Zahar Editor, 1993.

_____ *Escritos. A direção do tratamento e os princípios de seu poder*. Vera Ribeiro (trad.): Rio de Janeiro, Jorge Zahar Editor. 1998.

_____ *Outros Escritos. O aturdito*. Vera Ribeiro (trad.): Rio de Janeiro, Jorge Zahar Editor. 2003.

_____ *Os Escritos. O seminário sobre "A carta roubada"*. Vera Ribeiro (trad.): Rio de Janeiro, Jorge Zahar Editor, 1998. P. 44.

_____ *Seminário 2, O eu na teoria de Freud e na técnica da psicanálise*. Marie Christine Laznik Penot (trad.): Rio de Janeiro, Jorge Zahar Editor. 1985. p. 307.

_____ *Escritos. O tempo lógico e a asserção de certeza antecipada. Um novo sofisma*. Vera Ribeiro (trad.): Rio de Janeiro. Jorge Zahar Editor. 1998.

---------— *O Seminário 10, A angústia*. Vera Ribeiro (trad.): Rio de Janeiro. Jorge Zahar Editor. 2005. Ps. 202,209, 331.

_____ *Escritos. O tempo lógico e a asserção de certeza antecipada. Um novo sofisma*. Vera Ribeiro (trad.): Rio de Janeiro. Jorge Zahar Editor. 1998. P. 198.

Leite, Márcio Peter de Souza. *Psicanálise Lacaniana*. São Paulo, Editora Iluminuras. 2000. P.116.

Medeiros, Sérgio, in Jornal O Estado de S. Paulo, Caderno Sabático. *A Sra. Molly e o seu inesgotável "Sim"*. 28-04-2012. P. 5.

Miller, Jacques-Alain. *Perspectivas do Seminário 23 de Lacan. O sinthoma*. Teresinha Prado (Revisora): Rio de Janeiro, Jorge Zahar Editor. 2010.

Millot, Catherine. *A vida com Lacan*. André Telles (trad.): Rio de Janeiro, Zahar, 2017.

Pessoa, Fernando. *O eu profundo e os outros eus:* Rio de Janeiro, Editora Nova Fronteira, 1980.

Pinheiro, Bernardina da Silveira. *James Joyce, Ulisses*. Rio de Janeiro, Editora Objetiva Ltda. 2007.

Quinet, Antônio. *Teoria e Clínica da Psicose*: Rio de Janeiro, Editora Forense Universitária, 1997.

Roudinesco, Elisabeth e Plon, Michel. *Dicionário de Psicanálise*. Vera Ribeiro (trad.): Ri de Janeiro, Jorge Zahar Editor. 1998.

Roudinesco, Elisabeth. *Jacques Lacan, esboço de uma vida, história de um sistema de pensamento*. Paulo Neves (trad.): Rio de Janeiro, Companhia das letras 1994.

_____ Elisabeth. *A parte obscura de nós mesmos*. André Telles (trad.): Rio de Janeiro, Jorge Zahar Editor. 2008.

Saussure, Ferdinand de. *Curso de Linguística Geral*. Antônio Chelini, José Paulo Paes e Izidoro Blikstein (trads.): São Paulo, Editora Cultrx, 1995.

Schreber, Daniel Paul. *Memórias de um doente dos nervos*. Marilene Carone (trad.): São Paulo, Editora Paz e Terra, 1995.

Schüler, Donaldo. *James Joyce, Finnegans Wake, Finnícius Revém*. Cotia,S.P. Ateliê Editorial, 2012.

_____ *Joyce era louco?* Cotia, S.P. Ateliê Editorial, 2017.Soler, Colette. *Lacan, leitor de Joyce*. Cícero Oliveira (trad.): São Paulo, 2018. P. 8, 11,78, 86. 146.

Tosi, Renzo. *Dicionário de sentenças Latinas e Gregas*. Ivone Castilho Benedetti (trad.): São Paulo, Martins Fontes, 2000.

## Sobre o autor

GERALDINO ALVES FERREIRA NETTO
(14/02/1935-30/09/2024)

Mineiro de Belo Horizonte, iniciou seus estudos no antigo Colégio Caraça, e foi lá, no silêncio das montanhas, que começou o seu interesse pela escuta da alma humana.

De um Seminário tradicional à Psicologia foi um pulo, e graduou-se na Universidade Federal de Minas Gerais. Depois em Filosofia, pela Faculdade Dom Bosco de Filosofia, Ciências e Letras, de São João Del-Rei, Minas Gerais.

Mas foi na Psicanálise que encontrou sua maior realização. Fez um curso de Especialização em Psicanálise na Cultura, pela Faculdade Vicentina de Curitiba, apaixonou-se por Lacan, tornou-se Psicanalista e professor visitante do Centro de Estudos de Saúde Coletiva da Faculdade de Medicina do ABC Paulista, depois professor convidado da Pontifícia Universidade Católica de São Paulo, professor do Curso de pós-graduação em Semiótica Psicanalítica — Clínica da Cultura, da PUC-S.P. Coggeae.

Foi Membro fundador da Associação Livre, em São Paulo, criou a Associação Livre-Ensino Continuado em Campinas, onde ministrava cursos de formação psicanalítica.

Uma de suas realizações das quais mais se orgulhava foi a de Professor e Co-coordenador da implantação do Campo Psicanalítico em Moçambique, na África.

Autor de diversos artigos em livros e revistas, além dos livros publicados:
*Wim Wenders*, Psicanálise e Cinema, ed. Pontes, 2a edição, 2017.
*Doze lições sobre Freud e Lacan*, ed. Pontes, 7ª edição, 2022.

**CADASTRO**
**ILUMI//URAS**

Para receber informações
sobre nossos lançamentos e
promoções envie e-mail para:

cadastro@iluminuras.com.br

A *Iluminuras* dedica suas publicações à memória de sua
sócia Beatriz Costa [1957-2020] e a de seu pai Alcides Jorge
Costa [1925-2016].